I.S.B.N.: 978-84-616-7626-2

Escrito, diseñado y publicado en Pages, iBooks Author y iBookstore.

Me gustaría dedicar esta colección de historias a todas las maravillosas mujeres que han pasado por mi vida.

Especialmente a Cris.

Gracias a todas.

1 La madre

El amor no mira con los ojos, sino con la mente.

William Shakespeare

Mira, hoy salimos cinco minutos antes. Ya es raro. Será que me he dejado algo por hacer. La cocina recogida, la ropa doblada…, no sé, algo será. A ver mi niño que te ate bien a la sillita. Dile hola al tete, así, muy bien. Ya estás. Ahora tú, mi amor. Súbete tú solita que tú ya eres mayor. Muy bien ahora te ata la mami. Tengo que dejarlos a los tres. Primero el cole, la guarde y el otro cole. Aunque hoy voy bien de tiempo. Oh, no, ya me acuerdo, me he dejado las llaves de la oficina. Si ya sabía yo que no podía ser salir tan pronto de casa. Ahora bajo, corazones. Uf, a ver si arreglan el ascensor, que siempre se estropea cuando más prisa tienes. Aunque hoy es pronto. Cinco minutos son cinco minutos. A ver dónde están ahora las llaves. Me tendría que comprar un llavero de esos que te avisa si pierdes las llaves. ¿Las habrá cogido él? A ver, ¿ayer qué bolso llevaba? El negro, pues tienen que estar ahí. Ajá, aquí están. Me voy pitando. Vaya, ya es la hora de siempre. Corazones, ¿cómo están ustedes? No se llora, mi amor. ¿Le das un besito a la mami? Venga, cogeos fuerte que nos vamos. A ver cuándo arreglan ese bache, que siempre dan un salto los pobres. ¿Hoy qué día es? Catorce, no me digas, si hoy tenía cita en la pelu. Bueno, pues tendré que acabar los contratos antes o si no los sigo más tarde en casa. ¿Y ese ruido del coche? Voy a bajar la música a ver si noto algo raro. Pues ya que lo lleve él al taller, porque yo ya no sé de dónde sacar más horas. Hoy hace un día precioso. Qué bien que ya se acerca el veranito. Dentro de nada, sandalias. Tengo que llamar al médico y que me cambien la fecha. Ahora cuando llegue a la oficina le llamo.

¿No te preguntas nunca cómo debe de ser ser un hombre? La comida hecha cuando llegas a casa, tus hijos educados, acabas tu jornada cuando acabas el trabajo... Claro que no todos son iguales. El marido de Clara hace la colada. Eso dice Clara. ¡No me digas! Eso no será un coche de la guardia civil, ¿verdad? Y no me estará haciendo señales a mí, ¿verdad? Buenos días agente. No puede ser que fuera a esa velocidad. Si voy con los niños. Claro, dice usted que me concentre en conducir. De verdad, ¿eh? ¿Pues no me ha dicho que me concentre en conducir? ¿Y cuándo pienso yo en mis cosas? Una necesita tiempo para pensar, ¿sabes? Me gustaría ver su casa. Seguro que no tiene hijos. Doscientos euros de multa. Muy bien, para acabar el mes bien. Y encima vuelvo a llegar tarde al cole.

No os mováis que ahora vuelvo. Dejo al nene y nos vamos enseguida, ¿vale corazones? A ver que no se me olvide nada. Llevo los baberos, los potitos, los pañales, la ropa,... Bueno, pequeñín, cuida de las señas, ¿eh? Nos vemos esta tarde. ¡Ay, no me acostumbro a dejarlo en la guardería! Con tres que tengo, ya podría estar más acostumbrada. Pero no. Vale, ya sólo quedan dos. Vamos allá.

Bueno, ya están todos. ¡Qué penita! Por lo menos ya estoy tranquila. Siempre corriendo. Cuando me toque la lotería lo primero que voy a hacer es irme a un spa y que me hagan de todo. De arriba abajo, pasando por el centro. ¡Ja, ja! Ese que me mira se creerá que estoy loca, riéndome por la calle yo sola. Pues que lo crea, que para algo soy mujer. Para estar loca porque me da la gana, para reírme sola por la calle. Eso faltaba.

Ahora cuando llegue tengo que llamar al médico, que no se me olvide. Ese chico que ha pasado me ha mirado. Y ya van dos. ¿Será que no me queda bien la falda? ¿Me habré pasado con el pintalabios? Como si se fuera a fijar un tío en eso. La verdad es que alguna vez me han preguntado que si estaba embarazada. Le hubiera pegado hasta en el carnet. Pero bueno, una tiene que contenerse. ¡Ah! También tengo que llamar a Laura, que es su cumpleaños. Cómo pasa el tiempo, madre mía. Parece ayer cuando éramos unas chiquillas, corriendo por el patio delante de los chicos que nos levantaban la falda.

Vaya, hoy esta se ha vestido que parece una pepona. Ni que le fueran a dar un aumento de sueldo por enseñar las tetas. Aunque ya no sabe una qué pensar. El año pasado a Lorena la hicieron jefa de marketing. Pues mejor para ella. Pero a esta no le ascienden ni con cuerda. Aunque si la miras bien,

ya quisiera yo tener ese tipito. Pero un tipito no te da la inteligencia, como todas sabemos...

Hoy ha sido una mañana dura en la oficina. Yo creo que si no fuera por mí, esta empresa se hundía. Me voy corriendo a ponerle la comida. De verdad, yo no sé qué haría el mundo sin nosotras. Menos mal que somos el sexo débil. Si fuéramos el fuerte,... Pues a mí me gusta cómo me queda esta falda. Igual es por la poca luz del ascensor, pero me hace hasta tipito. Me miraría por estos ojazos... Me gustaría llamar a la guardería a ver cómo está el peque, pero no quiero que me conozcan como la madre pesada esa que siempre está llamando. La última vez que llamé ya noté algo raro. Seguro que hasta me ponen de ejemplo.

Vaya, otra manifestación. No al aborto. Pues te juro que alguna vez lo he pensado. Pero lo que más me fastidia es todos esos tíos gritando. Pero, ¿de qué van? Tendrían que tener ellos los niños. Verías cómo se acababa la especie. Además, ¿por qué les molestará lo que hagan o dejen de hacer los demás? Si no quieren abortar, pues que no aborten ellos. Pero les encanta mandar. Es que son todos iguales. Les encanta tener razón y ver que cuando dicen que va a pasar algo, que pase. Claro que detrás de un gran hombre hay una gran mujer. Menuda estupidez. Ninguna mujer de este siglo apoyaría esto.

Un día de estos le voy a dejar a él que se ponga la comida solito. Es que me da pena, en realidad, con lo que trabaja. Pero bueno, yo también trabajo y mira dónde estoy. Pero claro, es que él si no le pongo el plato delante es capaz de comerse los macarrones crudos o hacer que acabe la finca entera en llamas. El sexo débil, ya. Pues no sé dónde se habrá metido. Ya llega tarde. ¿Dígame? Hola. Bien. No lo dices en serio, ¿no? ¿Cómo que una reunión? ¡Pues que vaya otro! Perdona, te he cortado las fresas para comer. Vale. Ya hablaremos. ¿No puedes recoger a los niños al menos? Ha colgado. No me ha oído. Me pasa con tanta frecuencia... Siento que no me escucha nadie tantas veces. Pues muy bien. Si ya lo digo yo. No sé por qué me sofoco. ¿Y no podía haber recogido lo del desayuno? Pero un día de estos se va a enterar. Un día llegará a casa y no habrá comida hecha. Veremos qué hace. ¡Veremos qué hace!

De vuelta al trabajo. No paro ni un segundo. Las tres menos cuarto. Creo que llego bien. A ver si se pone rojo ese semáforo y me retoco los labios. ¡Bien! Un poco de gloss sobra. ¿Y ese qué mira? ¿Nunca has visto a una mujer pintándose los labios? Pues me los pinto en el coche porque no tengo tiempo en casa. A ver si se ha creído que me gusta usar esta mierda de espejo de tocador. Seguro que tú te sacas los mocos, tío guarro. Hablando de mocos, ¿qué estarán haciendo mis nenes? A veces siento que he fallado como

madre y como mujer. Dejarlos todo el día con desconocidos...
Alguna vez pienso que me gustaría cogerlos y romper con
todo, volar, a lo Thelma y Louise. Descubrir nuevos mundos,
vivir en hoteles caros, dejarme mimar por mis niños y
mimarlos con todas mis fuerzas. Darles todo el amor que
llevo dentro y saltar con ellos en la cama. Eso él no lo tiene.
No lo tendrá jamás. Quiero sentir ese escalofrío que sólo
nosotras sentimos al mirar la luna, aunque sea entre la cena
y la cama. Quiero saberme viva, saber que pues el sol existe,
existe el hielo. Veo el parque desde la ventana. Los árboles
me asedian con sus colores verdes, marrones, hasta malvas.
Ellos me entienden. Tengo que acabar los contratos urgente.
Y no he llamado a Laura. Si es que no he parado en todo el
día. Un día como cualquier otro.

Tener tres niños y estar perfecta en el trabajo. Nadie sabe lo
que eso significa. Otra madre, quizá. Pobres las madres que
son mujeres a la vez. Con lo fácil que sería un poco de
respeto, cariño, comprensión. Las cinco. Me voy.

¡¡¡Hola cielo!!! Ven que te dé un abrazo, mi amor. ¿Has visto
qué día tan bonito hace? ¿Quieres ir al parque con los tetes?
¿Vamos a por ellos? ¿Sabes que eres lo más bonito que me ha
pasado en la vida? No lloro, cariño. Es una lágrima de
felicidad. Cuando te hagas mayor lo entenderás. Mi madre
me decía esto de pequeña y yo acabo de entenderlo. No te
preocupes. Un día serás una mujer. Y serás lo que quieras

ser. Ingeniera, médica, piloto de aviones. Lo que quieras. Pero has de prometerme una cosa, mi amor. Que serás feliz. Que tomarás tus propias decisiones sin que nadie te influya. Que hagas lo que hagas, serás la mejor sin hacer daño a nadie. Prométemelo. Prométeme que verás la vida como una mujer y si has de mandar algo lo harás como una mujer, sin cometer los errores que han cometido otras pensando como hombres. Si mandas algo como un hombre, eres una mujer perdida. El mundo es tuyo, mi amor.

Hoy mi hija cumple dieciocho años. Va a la universidad y el año que viene se irá de Erasmus. Yo ya le he dicho todo lo que tenía que decirle. Es increíble lo rápido que ha pasado el tiempo. Parece ayer cuando nació.

- Felices dieciocho, hija. Ahora ya eres una mujer.

- Mamá, por favor, ya sabes que hace tiempo que soy una mujer.

- Eso mismo le decía yo a mi madre, con esas mismas palabras.

- ¿Y qué te decía ella?

- Que qué sabía yo de ser una mujer. Que tenía que buscarme un buen marido y que cuidara bien de él.

- Entonces sí que sabían, ¿eh?

- Eran otros tiempos.

- Hoy te miro, hija mía, y me veo en ti. Sólo deseo que la vida te trate la mitad de bien que a mí. No te irá mal. Yo he tenido suerte a pesar de todo. ¿Has llamado a tu padre?

- Me tendrá que llamar él, ¿no? Es mi cumpleaños.

- Llámale, anda. Seguro que le hace ilusión.

- Si le hace tanta ilusión, debería llamarme él.

- ¡Ay, hija! Algún día echarás de menos cosas que crees tener cerca y que en realidad tú misma has alejado.

- ¿Como por ejemplo un hombre?

- Como por ejemplo un hombre.

- ¿De verdad sigues pensando que es culpa tuya?

- No, no lo pienso. El amor tiene dos direcciones. Viene y se va. Por ese orden. No lo olvides nunca.

-¡Ay, mamá, qué melodramática te pones! Dame un abrazo, anda.

- ¿Sabes, hija? De pequeña te decía que eras lo mejor que me había pasado en la vida. Y hoy, más que nunca, lo vuelvo a decir. Eres lo mejor que me ha pasado en la vida.

- Y tú a mí, mamá. Eres la mejor madre que una mujer podría tener. Gracias por darme tu vida.

Lloro de alegría, hijos. Lloro de alegría.

2 Nocturno

Me voy de Polonia a morir rodeado de extraños.

Fryderyk Chopin

Hoy Carlos empieza a trabajar en el hospital de la Malva-Rosa. Ya después de tanto estudiar estaba ansioso por empezar. Tantos proyectos por llegar, tantos viajes que hacer,... No veía el momento de su primer sueldo. Siempre había querido comprarse un pequeño barco con el que navegar los días libres. Una botella de vino, un buen queso francés, buena compañía,... No es que fuera un tipo de grandes ambiciones, pero ese pequeño barco tenía que ser suyo.

A la entrada, subió la rampa que daba a la recepción. De repente, se sintió como un niño a la entrada a un parque de atracciones, con el estómago bailando como cuando espera su turno en la montaña rusa y es el siguiente.

-- Buenos días, soy Carlos Egea, dijo.

Casi sin tiempo para reaccionar, recibió su primer servicio.

-- Te ha sido asignado el paciente 313. Aquí tienes el horario diario.

Sin más preámbulos, allí tenía en sus manos su primera orden, su primera visión del mundo real tras dejar la escuela. La enfermera que le dio la tarea desapareció sin más. Ya no tendría más exámenes. Ahora el examen era la vida. Cogió el papel y lo empezó a leer atentamente. A las 9 desayuno, 9:30 paseo, 11 descanso,... 'Bien, pues allá vamos'.

Según las instrucciones, tenía el paciente 313, pero no en la habitación 313 como cabría esperar. El paciente 313 estaba en la habitación 08. 'Bueno, sus motivos habrá.' Ante la puerta, sus manos temblaban como un niño asediado por los regalos de cumpleaños de su familia numerosa, deseoso de abrirlos todos a la vez. Dentro, una mujer de pasado altivo, preparada para pasear, pelo recogido, vestido largo y zapatillas de hospital. Sentada a la ventana, el mar de fondo. El marco perfecto para un día de paseo por la playa.

- No creerá usted que me iba a ir de paseo con esa ropa que me obligan a llevar aquí, ¿verdad?

Carlos no tenía ni idea de qué contestar. Estas cosas no te las enseñan en la facultad. Esta vez no se trataba de diseccionar a un voluntario. Esta vez estaba hablando con una persona con problemas reales.

- No, claro que no. ¿Cómo podría?

Un sonrisa interior fluyó en el rostro de la anciana. 'Exacto, ¿cómo podría?'

- ¿Vamos?, le dijo, marcando escrupulosamente el ritmo de su vida.

Carlos la ayudó a sentarse en la silla de ruedas, le dio la vuelta y la dirigió hacia la salida.

- Despacio, joven, despacio. Ya no soy una cría corriendo tras los jóvenes. Ahora ruedo delante de ellos.

Humor, pensó Carlos. Al menos era un indicio de salud mental. No tendría que lidiar con una de esas historias que había leído en los libros de enfermería en las que la demencia de una sola persona podía volver loca a toda una planta de enfermeros. Mientras salían de la habitación, la anciana mujer estiró la mano y con su manicura impoluta alcanzó a coger un librito que había sobre la mesita auxiliar en la habitación. Era un libro manuscrito, con solera, tapa de rayas de colores y un lápiz cogido en el filo. Lo puso en su regazo y salieron.

Salir del hospital era una experiencia indescriptible. Tocar el aire puro, sentirse parte de la calle, saberse viva por un momento, era todo lo que esperaba del día. Menos mal que era pronto por la mañana. Las 10 era pronto para ella, muy pronto. La mejor manera de comenzar el día, como el solitario corredor que se entrena por la orilla de la playa al amanecer. Los baches eran el pan nuestro de cada día, pero ese día en particular se le estaban pronunciando más que cualquier otro.

- Joven, ¿tiene usted carnet de conducir sillas?

- Sí, claro. Me lo saqué en cuanto tuve la edad, respondió Carlos a la ironía.

- Hoy será un buen día. Me alegro de que esté usted conmigo.

- Claro que sí, mujer. Es usted una persona muy alegre.

- ¿Muy alegre? ¿Le parece a usted alegre ir en una silla de ruedas a pasear?

- Bueno, me parece que es usted optimista y que se toma la vida de manera alegre.

- ¿Optimista? Pare un momento, que lo apunte.

- ¿Escribe usted un diario?

- Todos escribimos un diario, joven, con tinta o sin tinta, pero lo que hacemos queda escrito para siempre. En la arena de la playa, en el viento o en el mar.

Esto tampoco lo enseñan en la facultad, pensó Carlos. Tenía tanto por aprender. Y aquel era el primer día. La emoción le inundaba el alma.

- ¿Sabe usted que yo fui una mujer de bandera, como suelen decir los hombres?

- Y aún lo es, aún lo es.

- Claro, aún lo soy.

Durante los siguientes quince minutos, caminaron por el paseo marítimo. Uno a uno, iban cruzando los restaurantes, algunos cerrados y otros vacíos, con el ocasional solitario que se sentaba a almorzar aprovechando la red inalámbrica gratuita. Las olas del mar rompían contra la arena de la playa, anunciando la tormenta del mes de abril.

- Déjeme decirle algo, joven, dijo la anciana al llegar a la fuente de la rosa de los vientos. Cuando me casé con mi marido, sabía que no sería una vida fácil. Ser la esposa del embajador no es fácil, ¿sabe? Yo quería cosas que él no quería y al revés. No veía a través de mis ojos. Sólo tenía sueños para él. Pero yo le fui fiel. Jamás se me pasó por la cabeza serle infiel. Él quería cambiar de país cada año, pero el gobierno le obligaba a quedarse. Nos obligaba. Aquí lo tengo todo escrito. Si algún día lo lee usted, es que habré muerto.

- No diga eso, mujer.

- Las fiestas que daba eran conocidas en todo el mundo diplomático. Usted no tiene ni idea de qué es la ostentación. Si yo le contara... Había mujeres que se compraban lacas de uñas sólo para ese día. Después se las daban al servicio. Y jamás volvías a verlas con el mismo color. Pero mis favoritas eran las que hablaban de política, como si entendieran algo. La política era cosa de los hombres, decían. No entendían absolutamente nada y era peripatético escucharlas. Recuerdo el día en que mi marido llegó a casa y me dijo que teníamos que cambiar de país en un mes. Una vez más, rendida al destino que se me imponía. ¿Adónde vamos esta vez? ¿Y para cuánto tiempo? ¿A Estocolmo? Bueno, allí las mujeres usarán los pintauñas más de una vez...

Cuando llegamos a Suecia, fue una experiencia gratificante. Lo primero que vi fue mujeres conduciendo el autobús del aeropuerto. No es que sea un gran trabajo, pero era su trabajo. En ese momento supe que estaba en un país de mujeres. Nos presentaron a los trabajadores de la embajada y les dejamos bien claro que no queríamos ningún privilegio, como si hubiera hecho falta afirmarlo. Allí no había privilegios para nadie. ¿Le estoy aburriendo, joven?

- No, no, qué va. Siga, por favor.

- Las fiestas eran muy diferentes. El anterior embajador era una persona muy recatada, pero las fiestas eran famosas en todo el mundo diplomático. Me contaron una en que llevaron un reno entero y lo cortaban in situ. ¿Se imagina usted eso en Suecia? Una vez me di cuenta de cómo intentaban conquistar a mi marido. Yo estaba con mi copa en la mano hablando con unas programadoras culturales de la ciudad. Era una recepción que mi marido y yo habíamos organizado para fomentar los lazos culturales. Y allí estaba él, rodeado de hombres aburridos con corbatas aburridas. Pobrecitos. Pero entre todos esos hombres había una mujer que se cogía de su brazo mientras brindaba con su copa. Impunemente se creía que estaba sola en la sala. ¿Sabe usted que con frecuencia el peor enemigo de una mujer es otra mujer? No querría ser una mujer de esas que ve visiones, pero llega un momento en que todo tiene su fin. ¿No lo siente usted? Querría pensar que la vida no tiene final, pero aquí me tiene, en una silla de ruedas, frente al mar, hablando sin sentido y sin nadie que me escuche.

- Yo la escucho.

- Claro, usted me escucha. ¿Podemos volver a ese sitio infernal, por favor? Necesito mi soledad.

Al ritmo del silencio, volvieron hacia el hospital. Cada paso, cada giro de rueda, sonaba como una despedida. Una lágrima asomó en los ojos de la anciana mientras de reojo contemplaba la lluvia que caía en el horizonte marino. Su perfecto pelo recogido, sus manos de pulcra experiencia, su libro al que se aferraba. Todo indicaba inexorable que la vida había cumplido.

La mañana siguiente Carlos subió la rampa, se encontró la cruz que decoraba la sala y recibió sin más su servicio. "Hoy te toca el paciente 341. Un hombre." 'Qué extraño', pensó. 'Un paciente distinto cada día'. Cuando pasó por la habitación 08, no pudo evitar pasar a saludar. Pero lo único que encontró fue una cama desmantelada, una ventana abierta y el libro manuscrito en la cómoda. Abrió el libro y comenzó a leer directamente en el final.

Hoy he dado un paseo por la playa. Un joven enfermero me ha hecho ver el sentido de mi vida. Al darle la vuelta a la fuente de los vientos, he vuelto a ver el mundo... El norte y sus luces, el sur y sus gentes, el este y sus tradiciones, el oeste y sus sueños. ¿A eso se reduce hoy mi vida? La vida es un barco en el que hay que navegar quieras o no quieras. Unas veces vas al norte, otras al sur pero nunca a salvo de los vientos. Hasta el día que llegas a puerto, inexorable, como la frondosa vereda del camino que nos acompaña, la postrera sombra que nos hace a todos iguales, el inmenso color del mar. Hoy he vivido mi último día. Así lo he decidido y así será. No es que sea mi deseo, es el puerto que me arrastra a la orilla. Ser la mujer del embajador te permite estas cosas. Yo decido por mí misma.

Una lágrima brotó del alma de Carlos. 'Su misma lágrima', pensó. Y sin más, abrió la puerta del paciente 341, le dio los buenos días y lo preparó para su paseo diario.

3 Nobel[2]

Las mentiras son muy difíciles de
matar pero una mentira que atribuye
a un hombre lo que en realidad era el
trabajo de una mujer tiene más vidas
que un gato.
Marie Curie a Pierre Curie

Era un día lúgubre en Varsovia, uno de esos en los que el río Vístula era la única razón para salir de casa. Sin mucho que hacer, la joven Marja prefería quedarse leyendo el libro que le había regalado su tía. De hecho, 'el invierno se pasa mejor en mi habitación', pensaba ella. 'Para qué salir y no poder ver nada cuando en mi cuarto tengo todo lo que necesito'. Siendo la menor, le resultaba fácil escabullirse de las tareas diarias. Un día se quedó escondida dentro del armario de la escalera para no tener que salir a quitar la nieve de la entrada. Varsovia era por aquel entonces un lugar de paso de comerciantes, que paraban a descansar tras el largo viaje entre Moscú y París. Con frecuencia, Marja salía a verlos pasar en sus carros. En una ocasión se encontró con uno de ellos en la calle. Con su gran bigote, su gorro de zorro y su abrigo de pieles, le dijo con su perfecto acento ruso: "Buenas tardes, jovencita", frase que acompañó con un trocito de tela que llevaba de muestra para enseñar en París. Marja quedó prendada del retal y pensó en los maravillosos vestidos que se podría hacer con esa tela: uno para pasear por el río, otro para ir al colegio, uno más para ir a la iglesia con su familia. Cuando llegó a casa, se fue directamente a su habitación, sacó su caja de secretos y lo guardó bajo llave, recelosa de su tesoro y ansiosa por no enseñárselo a ninguno de sus hermanos. 'Seguro que me lo quitan si lo ven'. Todos los días, cuando volvía del colegio, abría la cajita para cerciorarse de que la telita seguía allí, tal era su grado de afecto. Hasta un día pensó que 'ojalá pudiera ver a través de la caja para no tener que abrirla cada vez. Sí, eso me gustaría mucho, ver a través de las cosas.'

La profesora de Marja la tenía en muy alta estima. Cuando tenían que hacer un experimento en clase, siempre se dirigía a ella porque sabía que después se lo explicaría al resto de compañeras mientras ella salía un momento. A Marja le encantaba enseñar a sus compañeras y a veces ellas le pedían que les volviera a hacer el truco ese de mover cosas sin tocarlas. "Fijaos. Se pone esta lata aquí, esta aquí, esta palanca por aquí debajo, este contrapeso por aquí, unos imanes y voilà". "Hanna, ¿me explicas por qué se ha movido sin tocarla?" Era algo innato en ella. Llevaba la docencia en el alma.

La vida era para Marja pura enseñanza. De cada rincón del parque sacaba algo nuevo. No dejaba de aprender. Un día vio a tres niños tirando piedras en el río, vio que conseguían dar dos saltos en el agua y ella ni lo dudó en ir corriendo a ellos para explicarles que si le daban un ángulo menos pronunciado a sus tiros y si elegían bien las piedras, podrían conseguir por lo menos ocho.

- Pero tú eres una niña, dijo uno de los chicos, tú no sabes de estas cosas.

Marja sintió un escalofrío. Sin mediar palabra, el niño siguió tirando piedras al río como un idiota, con dos saltos cuando había suerte y con piedras puntiagudas, pesadas, amorfas como su misma cabezota. Marja aprendió de la naturaleza y de cómo la historia natural no trataba a todos los humanos por igual. 'Los hay más idiotas que otros'.

Ese mismo día, sin embargo, Marja llegó a casa para descubrir que su hermana estaba muy enferma. Sus padres la cogieron y la llevaron al cuarto más alejado de la casa. "Tenéis que rezar, hijos míos. Rezad por Zofia". Los cuatro hermanos rezaban y rezaban. Marja, la más pequeña, animaba a sus hermanos a rezar aún con más fuerza. De repente, la ventana se abrió por la fuerza del viento y la lluvia empezó a mojarlo todo. "No dejéis de rezar", gritaba ahora Marja. Pero en cuanto consiguió cerrar la ventana, un grito más escalofriante que cualquier tormenta sonó desde el cuarto donde el médico anunciaba la muerte de la pequeña Zofia. "¡No! ¡Mi hija! ¡Mi hija!"

Los meses transcurrían inexorables mientras Marja consolaba a su madre. No pensaba en otra cosa más que en cómo pudo Dios no oírla, con lo alto que gritaba incluso por encima de los truenos.

- Sí te oía, Marja, pero quiso llevársela con Él.

- No puede ser, mamá. Si me oyó, sabría que Zofia era buena. Yo se lo dije.

- Pequeña Marja, tienes que saber que la vida no es como una quiere que sea. La vida te enseña cosas buenas y cosas malas. Las buenas, tienes que disfrutarlas. De las malas, tienes que aprender a levantarte. Te harás más fuerte.

Dos meses después, la madre de Marja empeoraba de su tuberculosis. Tener tuberculosis en Varsovia era signo de cotidianidad. Todo el mundo sabía que tarde o temprano, algún conocido caía. "Por favor, Señor, no te la lleves. Si te la llevas ahora, pensaré que no me escuchas o que no me quieres. ¿No me quieres? Yo sí te quiero y quiero mucho a mi madre. Por favor, no te la lleves." Esa misma noche, moría la madre de Marja y jamás volvió a saber de la idea de dios.

****

Era un día radiante en París. Cuando Marja llegó a la gare du nord, parecía que todo París estaba esperándola con flores en las manos. Lo que más le llamó la atención fueron los vestidos de las mujeres, de todos los colores del mundo y con flores y dibujos. Miraba a todas partes y observaba los tejados de las casas, los áticos que se encaramaban al cielo y que hacían crecer la ciudad metro a metro. Antes de ir a la casa, quiso pasar por el que sería su hogar los próximos años, tenía que serlo, lo deseaba. La Sorbonne. Allí, entre hombres, discutiría sobre física, química, materiales, el radio. Escucharía los grandes discursos de grandes hombres. Leería las más notables obras de la ciencia moderna, todas escritas por hombres. Pero a Marie no lo importaba un ápice lo que dijeran de ella. En una ocasión oyó a un grupo de estudiantes de su clase llamarla la polaca loca. Ella se dio la vuelta hacia ellos y con voz afable y empática les dijo:

- ¿Han leído ustedes a Becquerel?

- Por supuesto que lo hemos leído. ¿Acaso se cree que venimos a la universidad de paseo?

- Pues me alegro mucho, porque será mi director de tesis. Más les vale haberlo leído, pues pronto le leerán con mi nombre junto al suyo. Les veo esta tarde en la clase del profesor Curie.

A veces los hombres le parecían niños. A menudo se acordaba de aquellos pobres diablos tirando piedras inútilmente en el río. 'Seguro que siguen en el Vístula', pensaba. En realidad, echaba de menos su Varsovia natal: los paseos por el río, sus compañeras de clase, la música de Maria Szymanowska. 'Maria', suspiraba, 'cometiste el error de nacer mujer. Aquí en París todo el mundo conoce a Chopin, pero a ti, Maria, ¿quién? Ellos se lo pierden'.

La clase del profesor Curie empezaba a las cinco. Muchos alumnos se daban cita en las afueras sobre las cuatro para poder coger un asiento en la primera fila. Marja pensaba que eran idiotas, como si fuesen a aprender más por estar más cerca. Allí, en el aula, había un ambiente tenso, tres minutos antes de que diera la hora. El timbre sonaba al empezar la clase y el profesor Curie no había llegado todavía. La impaciencia se apoderaba de algunos estudiantes y pensaban si no habrían hecho el viaje en balde desde los barrios periféricos de París. Sin embargo, con puntualidad científica, a las cinco en punto, entró, se quitó la chaqueta y dejó su maletín de piel marrón sobre la mesa. Miró hacia el final de la clase y en voz alta, nítida y clara afirmó "vaya, tenemos una mujer en clase. Ya era hora". Y sin mediar palabra, comenzó. "Como saben ustedes, incluida usted, señorita, elementos como el torio, el uranio o el radio poseen una cualidad que los hacen especialmente atractivos. Esta cualidad, en la que estoy trabajando en la actualidad, puede ser de enormes consecuencias para la ciencia y por supuesto para la física, ya que a partir de este descubrimiento un material como el radio constituye en sí una nueva herramienta de investigación, dígamoslo así, una nueva fuente de radiación. Seguro que han leído ustedes el trabajo del profesor Becquerel. Pues, bien, la única manera de poder llegar a este maravilloso descubrimiento es metiendo las manos en los minerales. Por ello, les emplazo en media hora en el laboratorio de la primera planta. Busquen material y no pierdan ustedes el tiempo. Hagan siempre sus experimentos con amor, pues no olviden que el amor es el material más magnético que existe."

Marja quedó prendada de ese hombre. Sus palabras la embriagaban con dulzura. Sus gestos al hablar del radio le conferían un halo de misterio que ella ansiaba indagar. Tal era su pasión en este primer encuentro que en cuanto lo tuvo cara a cara en el pasillo, sus piernas empezaron a temblar sin piedad.

- Profesor Curie, me gustaría enseñarle algo que he encontrado.

- ¿De qué se trata?

- Es un material que también es radioactivo pero que pierde su radioactividad con el tiempo.

- Y ¿qué material es ese?

- Se lo puedo mostrar en el laboratorio.

Marja, sonrojada, se apresuró en acompañar al profesor Curie.

- Llámeme Pierre, le dijo.

Y ella, sin dudarlo ni un instante, con científica pasión y brillo en los ojos, repitió su nombre hacia su corazón: Pierre Curie.

El laboratorio era amplio, lo suficiente como para que al menos cuatro científicos tuvieran espacio al investigar. Los tubos de ensayo hacían la vez de libros, como si se tratase de una biblioteca empírica. Los ventanales eran miradas al mundo, silenciosamente testigos de tantos éxitos y más fracasos. Cuando Pierre y Marja entraron, la tenue luz de la mañana alumbraba sus ansiosas palabras.

- ¿Qué quería usted enseñarme?

- Este material emite una especie de radiación permanente pero no eterna. Si bien el radio mantiene sus propiedades radioactivas intactas durante años, este material las va perdiendo con el paso del tiempo.

- ¿Radioactivas, dice usted?

- Así lo he llamado, sí.

- ¿Y cómo ha llamado usted a este material?

- Polonio, por mi país.

- Polonio, interesante. Y ¿usted? ¿Cómo se llama usted?

- Marie, le dijo mientras su mirada se perdía por el ventanal.

- Marie, es usted una estudiante excelente.

De repente, Marie empezó a escuchar música de piano en su cabeza. Era un nocturno que había escuchado con frecuencia en Varsovia. El tiempo se detuvo súbitamente, su temblor de piernas se acentuó, se acordó de su hermana muerta y de su madre y de los niños tirando piedras en el Vístula. Y pensó que no todos los hombres eran iguales, que ante ella tenía al hombre de su vida, con quien podría ser mujer sin necesidad de fingir, sin dar explicaciones, ser sin más. Subió la mirada, se encontró con la de Pierre. Y allí, en el laboratorio de física de la Sorbonne, Pierre Curie descubrió la radioactividad en el amor de Marie.

- ¿Le gustaría ser la doctora Curie?

- OUI!

****

Un día, mientras Marie volvía de pasear por las Tulerías, al subir por la rue Cambon, quedó prendada por un escaparate que le pareció prodigioso. Era una sombrerería en la que los modelos más vistosos se exhibían a un precio que le parecía escandaloso. Marie se detuvo ante tamaño espectáculo y se imaginó por un momento a sí misma yendo de viaje con uno de esos maravillosos tocados. No es que ella fuera una mujer especialmente vanidosa. 'Pero soy una mujer antes que nada'. De repente, a una velocidad inusitada, salió una joven de la tienda, con pantalones negros, chaqueta negra, de aire desenfrenado y sin más perfume que un largo cigarrillo fino amentolado. Se detuvo junto a Marie, observando también el escaparate, la mano en la barbilla, casi dubitativa, meditando como ida en la infinita estética de los sombreros. Tal si despertara de un sueño, tropezó con la presencia de Marie y con una mirada de arriba abajo, de inmediato supo qué clase de mujer era.

- ¿Le gustan los sombreros?, le preguntó.

- Me encantan, pero no sé si podría llevarlos.

- Y, ¿por qué no iba usted a poder llevarlos?

- Pues, muy fácil. Porque no me lo puedo permitir.

- Verá usted, voy a cambiar a la mujer. Ya estoy harta de que los hombres nos tengan que decir a las mujeres cómo comportarnos. Y vestirnos. Eso no tiene precio, ¿no cree?

- Desde luego. Me lo va a decir a mí, que vivo en un mundo de hombres.

- Todas vivimos en un mundo de hombres, señora. Lo que tenemos que hacer es que sigan creyéndolo. Le aseguro que nos conviene.

- Pero es muy injusto. Yo he descubierto cosas maravillosas que ellos se atribuyen.

- ¿Le gusta mi chaqueta?

- Desde luego. Es muy bonita.

- Recuérdelo, señora. Un día, esta chaqueta será el símbolo de la mujer.

- Lo recordaré, señorita.

- Es usted una mujer muy interesante. Mi nombre es Gabrielle. Pero me puede llamar Coco.

- Mi nombre es Marie. Me puede llamar Marie. Y usted es también muy interesante.

- Mucho gusto, Marie.

- Mucho gusto, Coco.

Al volver a casa, Marie encontró a su marido en su rincón del laboratorio. Miraba con extremada curiosidad por el microscopio.

- Tengo que contarte algo, Pierre. Gritó emocionada Marie.

- Y yo a ti, mi amor.

- ¿Te acuerdas del mineral que encontré? Pues le he hecho las pruebas de radioactividad. Es maravilloso. No es como los demás. Al principio parecía que sí, pero no, Pierre. Pierde más radiactividad con el tiempo de lo que creíamos. ¿No es maravilloso?

- Sí, ciertamente lo es. Y, ¿se va a quedar con ese nombre?

- Llevo muchos días pensándolo y hoy, en las Tullerías, lo he tenido claro como el cielo de París.

- ¿Y...?

- Se quedará con el nombre de Polonio. Como mi país. ¿No es maravilloso?

- Lo es, mi querida esposa, lo es.

Y esa noche, ante los tubos de polonio, radio y uranio, Madame y Monsieur Curie vivieron una pasión de amor como jamás se había conocido en todo París.

- ¿Qué querías decirme anoche? Creía que tenías algo importante que decirme.

- Importante, no. ¿Qué hay más grande en la vida de un científico?

- Descubrir algo que ayude a los humanos, claro.

- ¿Y que te lo reconozcan?

- Bueno, es un mal menor.

- Nos han dado el premio Nobel de Química.

Marie se quedó sin habla. Le volvió a sonar la música junto al Vístula.

- ¿Nos?

- Sí. A ti, a mí y a tu tutor.

- ¿A Becquerel? ¿Y a ti? ¡No puede ser! ¡Es... maravilloso!

- Sí, es maravilloso. Y estoy muy orgulloso de ti. La primera mujer doctora en la Sorbona, la primera profesora y pronto serás la primera Madame Curie en viajar a Estocolmo.

- Estocolmo... Me gusta cómo suena. Suena a poesía. ¡Es radiactivo!

- ¡Sí, eso es! ¡Radiactivo!

Marie se fue corriendo a su habitación. Mientras subía las escaleras, se imaginaba a sí misma ante los reyes de Suecia, hablando del radio, del polonio, de la radiactividad. Pensaba en todas las horas que había dejado de pasear por el parque para dedicarse al polonio. Era una pasión, un fluir de su corazón a la superficie del mundo. Del mismo modo que era una pasión contar con Pierre para todos sus experimentos. Ante el espejo, se probaba por encima un vestido tras otro. '¿Qué se pone una para recibir el premio Nobel? ¡Qué bien me iría ahora un sombrero de la tienda de aquella señorita tan chic!' Pero un suspiro de realidad la devolvió a la tierra como a una recién casada al convivir con su marido. "¡Pierre!", gritó, "¿cómo vamos a ir a Estocolmo?" Pierre respondió con un silencio aterrador, claro, evidente. 'Y, ¿quién recogerá nuestro premio?', pensó en lo más profundo de su alma. "Un ministro francés", aulló Pierre desde el último rincón de su hogar.

****

Aquel día cogieron el tren a las 7 de la mañana desde la gare du nord. Hacía tiempo que llegó a París aquella muchacha inocente, pero su claro sentido de científica no la abandonó jamás. Tantos recuerdos la invadían al entrar en la estación que no pudo evitar derramar una tersa lágrima. 'Yo vine a París para quererte, mi amor' pensaba mientras miraba a los ojos a Pierre. Él le devolvía la mirada a la vez que la apresuraba por buscar el andén 6, donde se relamía el tren preparándose para el largo viaje hasta Bruselas, desde donde cogerían otro tren hasta Frederikshavn, pasando por Amsterdam, Hamburgo y cruzando toda la península de Jutlandia, después un ferry hasta Gotemburgo y otro tren hasta el destino final, Estocolmo. Cruzar Suecia le pareció poesía pura. Bosques de abedules y valles de millones de flores saludaban a Marie mientras el tren avanzaba por entre el verde camino. A partir de ese día, vio que el color de Suecia era el verde y que, efectivamente, era radiactivo.

Llegar a Estocolmo fue una experiencia embriagadora. El tren penetraba la ciudad como el aguijón de una avispa lame a su presa. Entre miles de islas la ciudad de los mil colores reposaba su esplendor ante los ojos de Marie. 'Poesía, ¡auténtica poesía!'

- ¿No te parece que ha valido la pena esperar dos años, Pierre?

- Eso espero. Ardo en deseos por conocer a un rey.

Calmado, en paz casi eterna, el sol del verano les recibió a altas horas de la madrugada. Se preguntaba cómo podría la gente dormir a estas horas si era absolutamente de día. Era como si hubiera llegado al sol directamente, y por los días que habían viajado bien podrían haber llegado al menos a la luna. La cara de satisfacción de Pierre era indescriptible.

- ¿Sabes que nos van a dar el premio que jamás le han dado a Strindberg?

- Pobre hombre, aunque no me gusta cuando escribe sobre mujeres.

- A mí no me da pena, la verdad. Si no se lo dan, es porque no se lo merece.

- Pierre, sabes que un premio a veces es arbitrario. No deberías olvidarlo jamás. Además, a ti te lo han dado por mí.

- Será al revés, ¿no crees?

- Sí, es al revés, pero tú y yo sabemos que sin mi investigación jamás habrías descubierto el radio. Y si me lo dan a mí es porque no pueden separarnos. Tú necesitas mi ciencia y yo necesito tu hombría. Pero tú me necesitas más que yo.

- ¡Ah, vaya! Eso sí que tiene gracia.

- ¡Mucha! Al fin y al cabo, no eres más que un hombre...

- ¡Ja, ja, ja!

- ¡Ja, ja, ja!

- ¿Sabes? Un día mi premio Nobel será símbolo para muchas mujeres. Lleven lo que lleven puesto, se verán en mí, sabrán que sin nuestra fuerza el mundo no funcionaría. Estaríamos tirándonos piedras en el río si no fuera por nosotras. Tú también lo crees, ¿verdad, Pierre?

- Claro, mi amor. Por supuesto.

- Ardo en deseos por contarle al rey de Suecia y a todos lo que he descubierto. Será como abrir los ojos de la conciencia mundial, un guiño a todas las mujeres, decirles que el mundo también es nuestro, que podemos ser únicas. Tú me aplaudirás, ¿verdad, Pierre?

- Claro, mujer, pero tengo que decirte algo.

- ¿A qué viene esa cara? ¿Qué tienes que decirme?

- ¡Venga, dímelo ya!

- No hay tiempo para muchos discursos. Tiene que hablar Henri y uno de nosotros. Hemos decidido que seré yo.

El chirrido de los frenos del tren al detenerse en la Centralstation de Estocolmo rompió el atronador silencio. Su sensación de impotencia se fundía con el frío sentimiento de sentirse inferior. '¿Sólo por ser mujer? ¿De verdad es ese el motivo?' El hombre al que amaba también la había abandonado. 'Tienes la mente de un niño de ocho años', le gritaba en su mente. En el viaje de vuelta a París, en el mismo tren en que habían llegado dos días antes, mientras cruzaban el puente sobre Gamla Stan, Marie, con lágrimas en los ojos, repetía 'Volveré'. 'Volveré' "¡Volveré!"

****

El día había amanecido con grandes esperanzas en París. Los Champs Elysées radiaban fulgor de damas comprando; la cúpula dorada de les Invalides marcaba el camino de los miles de parisinos que cual hormigas desfilaban a sus quehaceres diarios; las prostitutas en Montmartre usaban sus imaginativas argucias en los pintores que, llenos de esperanzas, cedían ante tamaños encantos; y entre todo el jolgorio de la gran urbe, Marie paseaba por las Tullerías, pensando, meditando, intentando averiguar por qué el polonio y el radio tenían cualidades tan soberbias y qué se podía hacer con ellas, cómo podía ver a través de las personas y si realmente serviría de algo. Pensaba en Pierre, en qué estaría haciendo en ese preciso instante, en si en el momento justo en que ella pensaba la palabra "polonio", él estaría pensando en la palabra "radio". Le encantaba jugar a entrar en las mentes de los demás. Era una cualidad femenina, pensaba ella. Ningún hombre, aparte de Pierre, es capaz de entrar en la mente de otra mujer. 'Pero nosotras somos diferentes. Creo que es así como he descubierto el polonio. ¿Será por eso? Pero otros hombres han descubierto otras cosas. ¿Será que no somos tan diferentes después de todo? A ver cómo convenzo al mundo...'

De repente, mientras Marie se acercaba hacia el Pont Neuf, vio un tumulto de gentío haciendo corro ante un carro detenido. Había gente que gritaba pidiendo ayuda, los había que miraban hacia el cielo, como pidiendo un milagro, los menos se agachaban. A Marie se le aceleró el corazón, casi como por un presentimiento y sin motivo alguno. Nunca se le habría ocurrido acercarse tanto a un accidente, pero entre las piernas de la gente descubrió aterrada la muñeca con el reloj que ella había regalado a Pierre. 'Un ladrón que le ha robado el reloj y ha salido corriendo, atropellado y muerto', deseó. Pero su deseo se truncó en tragedia cuando descubrió el cuerpo inerte de Pierre Curie en el suelo de París. "¡Amor mío!", gritó sin fuerzas desde el fondo de su compungida alma. "¿Cómo cruzaste la calle pensando en el radio? ¿Por qué?" Pierre, en un postrero rayo de ilusión, alcanzó a preguntarle a Marie cómo sabía que estaba pensando en el radio. "Porque lo sé, mi amor, porque lo sé. Porque soy tu mujer y te quiero."

El funeral fue mínimo. La tierra tembló aquel día, desde América a Japón, igual que temblaba el corazón de Marie. Y allí, ante la tumba de Pierre Curie, en Sceaux, con su familia como único testigo, le prometió "llevaré tu nombre a Estocolmo y esta vez, hablaré yo."

****

Madame. En 1903 este comité tuvo el honor de entregarle el premio Nobel de Física. Este año, se convierte usted en la primera persona en la historia de este galardón en obtenerlo por segunda ocasión, en la especialidad de Química, lo cual, espero, le dará una idea de la importancia que le otorga el comité a su investigación. Por ello, la invito a recibir de manos del rey de Suecia, cuya gracia ha consentido entregárselo.

Toda mi vida la he dedicado a la investigación. Soy una mujer y junto a mi difunto esposo Pierre Curie he trabajado en campos hasta ahora acotados a los hombres. Supongo que este premio se me otorga por varios motivos. Por un lado, por el descubrimiento de los elementos radio y polonio; por determinar propiedades del radio y por aislar el radio en su estado puramente metálico; y por mi investigación en los compuestos de este magnífico material. Pero iré más allá. Supongo que estar hoy aquí, ante el rey de Suecia y ante el mundo entero, sola, con el espíritu de mi marido a mi lado, pero sola al fin y al cabo, demuestra que el mundo del siglo veinte jamás será el mismo. Las mujeres estamos en este mundo para muchas cosas más de lo que piensan los hombres. Somos capaces de dedicar nuestras vidas a la mejora de la humanidad, como hemos hecho siempre pero desde otros puntos de vista. El destino es de nosotras y el futuro es de nosotras. Ustedes, señores que gobiernan, tienen que saber que la humanidad avanza gracias a la investigación y que si se acota a la mitad de la humanidad, avanzaremos a la mitad de velocidad. No estoy aquí hoy para defender la investigación de las mujeres. Estoy aquí hoy porque mi investigación va a cambiar el mundo y, además, soy una mujer.

En el tren de vuelta a París, en ese mismo en que Marie y Pierre habían cruzado media Europa, Marie apoyaba su cabeza sobre el cristal de la ventana. Su mente estaba en su laboratorio, en cómo podía hacer que la vida de los demás fuese mejor. La guerra llegaría y, mientras los hombres se empeñarían en matar a sus hermanos, ella tenía que hacer algo por salvar vidas. En la radiación estaba la clave. No cesaba de pensar. '¿Qué estará pensando en este mismo instante Pierre?' El tren dejaba Hamburgo. En el periódico leía sobre una joven escritora inglesa que, decían, era una gran promesa de las letras europeas. 'Virginia Stephen, nunca dejes que un hombre te dicte.' Y así pasó la vida. Sin hombre que le dictara, con hijos ganando premios Nobel y con la música de Maria Szymanowska, siempre Maria.

4 En las calles de Londres

No hay barrera, cerradura ni cerrojo que puedas imponer a la libertad de mi mente.

Virginia Woolf

Era un día de sol en Londres. Of course, fueron cinco minutos. Las nubes amenazantes cumplieron su deseo de sacar la mala leche a los turistas españoles. "¿Dónde está el sol?", se oía gritar en las calles de Londres. Claro, como que para ver el sol te vienes a Londres de vacaciones. A veces oía cómo los mismos que buscaban el sol se volvían a quejar diez minutos después cuando las nubes dejaban de jugar con su conciencia y se iban. "¡Qué calor hace ahora!", era ahora el lamento.

En fin, nunca llueve a gusto de todos en Londres. Pero para Lucía, sí. Siempre que llueve, llueve a su gusto. La lluvia le resultaba como una bendición ante el tórrido verano en cualquier ciudad de la mitad sur de España. Últimamente, también de la mitad norte. 'Este sol cada vez nos ahoga más', pensaba. Era feliz paseando por las calles de Londres. Camden, Covent Garden, el Soho,... pero si había un sitio donde Lucía era feliz sin rumbo aparente era Bloomsbury. Había encontrado un apartamento bastante decente. Londres era prohibitivo, pero cuando ves los gastos como inversiones, no te cuesta tanto dejar tu cuenta a cero. Comenzó a pasear por Judd Street, cruzando Hunter y Brunswick Square. Coram's Fields y St George's Gardens quedaban rendidos, literalmente besando las plantas de sus pies, sandalias en las manos, chaqueta bajo el brazo y libreta en el corazón. Una mirada perdida, un amor que pasaba a su lado,... quién sabe si aquél era realmente el amor de su vida y lo había dejado pasar, allí, en las calles de Londres.

Había dejado de llover. 'Estarán contentos los españoles', pensó. Eran aproximadamente las 10 menos 10 de la mañana. Todavía no había abierto ni el British Museum y ella ya llevaba varias horas deambulando por la ciudad. Por un momento se imaginó la época gloriosa imperial, cuando la reina dominaba el mundo y los británicos podían fanfarronear por doquier, entonces con motivos. Le seguía pareciendo increíble aquello que la sabiduría popular había hecho cierto: si quieres conocer la cultura griega, tienes que ir a Londres. Y la griega, y la romana, y la africana,...

Pero esta no es la cuestión. La cuestión es que Lucía iba caminando por uno de los pasos del parque, esos que todavía parece que estén hechos a medida humana. Y, fiel a su tradición de encontrarse cosas por el suelo (un día se encontraba guantes, otro gorros, bolsitas), aquel día se encontró una llave. Sola, sin llavero, una vieja y auténtica llave. Por un momento, no sabía qué hacer. Cogerla implicaba preguntarse muchas cosas: de quién sería, cómo habría llegado hasta allí, y lo más importante, qué abriría. Tenía pinta de ser de una puerta antigua, pero, claro, en Londres... Súbitamente, sin pensarlo y sin tiempo para reaccionar, alargó su brazo, la cogió y se la metió en un bolsillito que llevaba en la blusa. Se volvió a calzar las sandalias (ya podía andar con tacones de nuevo), se pasó la chaqueta con brillos dorados y empezó a caminar otra vez sin rumbo por las calles de Londres.

Mientras caminaba, el corazón le palpitaba casi tan rápido como cuando vas a cruzar la calle y te pasa el taxi a un milímetro de distancia. Por el lado opuesto, claro. Estaba en Londres. Y, a pesar de llevar ya dos años viviendo en la vieja Albion, el mero hecho de cruzar la calle le parecía todavía increíblemente arriesgado. Si a esto le añades el cruzar junto a un turista alocado, el despiste puede ser letal. Pero ahí iba ella, decelerando su paso a una velocidad suficiente como para darle tiempo a pensar en por qué puerta comenzaría a probar la llave. 'A ver', pensaba, 'no puede ser de una puerta de una casa normal' ya que era demasiado antigua y grande. '¿Una verja quizás?' Podría ser que fuera la llave a un maravilloso jardín inglés, con sus flores, sus árboles bien cuidados, su césped, su desayuno estival, ... Si así fuera, había decidido que se iba a quedar la llave y todo lo que ello comportaría. 'Si fuera así de fácil...'

La primera puerta que probó no abrió. ¿Os imagináis la fortuna que habría sido abrir la primera puerta de todo Londres con una llave encontrada en un muro de piedras de la ciudad? Al fin y al cabo, siempre había sido una mujer afortunada. Era la entrada a una casa que parecía haber estado abandonada durante muchos años pero que el ansia expansionista de los buitres inmobiliarios había restaurado hasta el estado actual. Podría casi afirmar que se trataba de una casa que había sobrevivido a los bombardeos de la segunda guerra mundial. Aquí, en Londres, eso no lo olvidaban y si veían a alguien con un coche alemán, le preguntaban ¿y por qué no un coche inglés? Pero no abrió. La mano le temblaba como si tuviera Alzheimer y su cuello no dejaba de girarse de un lado a otro, asegurándose de que nadie la estuviera mirando. Como si eso fuera un problema en Londres. Un frío sudor, un pequeño esfuerzo para girar la llave y ya. Imposible.

Los demás intentos fueron más rápidos. Eso dicen, que cuando un asesino comete un crimen por primera vez, el resto es coser y cantar. Pues ahí iba ella, paseando por las calles de Bloomsbury con sus tacones y abriendo puertas disimuladamente. El día era de esos de los que les encanta a los turistas. Realmente cuando vienen a Inglaterra están deseando el cambio climático diario habitual. Es lo que más les gusta contar a los amigos cuando vuelven a sus casas. Y lo malo que es el café. De repente, Lucía se vio a sí misma, como si estuviese viendo un vídeo que alguien le graba desde arriba, girando la llave en puertas por todo Londres y pensó en lo ridícula que era la situación. Si ella jamás sería capaz de hacer nada malo en su vida. Y ¿qué haría si por alguna de aquellas una de esos miles de puertas cediese a la fragilidad de su muñeca y se abriese? ¿Qué cara pondría? ¿Entraría? La verdad es que ni se le había ocurrido pensarlo, con lo cual decidió postergar la decisión para el momento en que se abriera la única puerta en todo Londres que abría su llave. Porque alguna tendría que ser...

En una de esas espontáneas intuiciones femeninas, Lucía entró a la British Library en Euston Road. Se paró un instante en la jardín de Anna Frank, tomó aire profundo y se dirigió hacia la entrada, donde la seguridad siempre te observa de arriba abajo. 'Si no fuera mujer, ¿también me mirarías así?' Pasó el hall de la entrada principal y ya allí se quedó maravillada por las librerías centrales, más una exhibición de poder que un afán por compartir conocimiento. Se detuvo por un momento y siguió hacia la sección de humanidades. Dickens, el gran escritor inglés. Mientras hojeaba la historia de las dos ciudades, sentada con la falda medio colgándole las piernas, levantó la vista y se quedó prendada de la gente leyendo a su alrededor: una chica con gafas y media melena ondulada con un bolso marrón del que sobresalían libros y apuntes, un señor mayor con muchas notas escritas a mano in crescendo, dos chicos jóvenes (uno de ellos muy guapo) que parecían tener una conversación telepática, el encargado de la biblioteca llevando pilas de libros de un sitio a otro sin parar, una chica joven zurda con pañuelo de flores y zapatillas rojas escribiendo en su diario (estaba muy concentrada y de vez en cuando miraba hacia arriba y cerraba los ojos),... Era una gran mente humana, una conexión de pensamientos que se habían puesto de acuerdo y que emitían un murmullo insaciable sólo comprensible a los ángeles de Berlín. Al unísono evocar de esta increíble conciliación universal, se unía un silencio absoluto que le hacía estremecerse. 'Y no se podrían solucionar las guerras en bibliotecas? ¿Sabrán los masters de la guerra lo que es una biblioteca?' A este pensamiento, Lucía le unió la mirada alrededor suyo en busca de cerraduras. '¿Pero yo estoy loca o qué?' Ninguna parecía la deseada puerta, quizá al tratarse de la nueva biblioteca, así es que decidió tajantemente dejar de pensar en puertas el resto de la mañana.

Al salir de la biblioteca, recogió sus libros, su teléfono, lo metió todo en el bolso y salió de nuevo a Euston Road. La miradita de rigor del de seguridad, el jardín, la última palabra y a pasear. Le encantaba la falsa tranquilidad de Bloomsbury. Dándole la vuelta a los Cartwright Gardens parecía que la ciudad había desaparecido por un momento y los bombardeos no eran más un bromista futuro. De uno de los balcones salía una suave música de jazz y le pareció una experiencia sensualísima. De Cartwright llegó a Tavistock Square, donde había un hotel y una placa que leía Virginia Woolf lived here 1924-1939. A Lucía se le encendió el corazón al ver la plaquita azul. Había leído una novela de ella y le parecía fascinante estar justo en el lugar donde la había escrito. Entró al hotel y se sentó a tomar un té con unas scones y clotted cream. La sala estaba decorada con cuadros de principios de siglo veinte, impresionistas tardíos, modernistas, algún cuadro de Wegener y una librería antigua, de esas que sólo los ingleses saben conservar.

Y había una puerta.

¡Dios mío! ¡Es esa! Tanto tiempo buscando una puerta que abrir y ahora es ella la que me ha encontrado. Estoy segura. Esa luz que sale por las rendijas no puede ser más que una señal de que vaya.

Y fue.

Su mano comenzó a temblar de nuevo, más que la primera vez. Nuevamente, una mirada aguda de un lado a otro y un suave giro de muñeca. Jamás pensó que la puerta se abriría tan fácil. Tampoco que una sala de té como aquella la llevaría, con sólo dar un paso, hasta el jardín más maravilloso que jamás había visto, con su río y sus árboles, sus flores,... y la casa. Cruzó la puerta y pensó qué sería lo primero que haría si se encontrara alguna vez en un paraíso de tal naturaleza. Así es que se tumbó en el campo de margaritas, la falda apenas tapándole las rodillas y bajo el murmullo de la campiña inglesa, se durmió.

No debió de ser una siesta muy larga, ya que no llegó a soñar nada. Pero sí que fue movida, pues la ansiosa respiración de un PERRO la despertó de un sobresalto. Tras el perro, a unos diez metros, había una mujer con un vestido largo azul y pelo recogido en un moño. Era de una mediana edad y parecía ir buscando algo por el suelo. Se acercó a Lucía y con voz cansada le preguntó:

- ¿No sabes que no deberías dormirte al aire libre en Inglaterra? Podría llover en cualquier momento y podrías salir flotando hacia el mar.

- No creo que eso vaya a suceder.

- Estoy buscando piedras, de esas que pesan y se hunden en el río.

- ¿Y por qué va buscando piedras?

- Una nunca sabe cuándo las puede necesitar. Dime, ¿eres un hombre o una mujer?

- ¿Cómo? ¿No es acaso obvio?

- Dímelo.

- Pues una mujer, claro.

- Y, ¿cómo lo sabes? ¿Es lo que te dijeron de pequeña?

- Bueno, es lo que soy.

- Lo que eres... Te veo muy segura.

- Bueno, hay cosas en que no se duda.

- ¿Conoces la historia de Orlando?

- No, ¿quién es Orlando?

- Orlando fue una persona que vivió cientos de años y en cada época vivía diferente, primero como hombre y después como mujer. Igual llevaba tacones que blandía su espada en fieras batallas. ¿Cómo te llamas?

- Lucía. ¿Y usted?

- ¡No me llames de usted!

- ¡Ah, perdón! ¿Vives aquí?

- Aquí mismo, aunque el verbo vivir es pretencioso a veces. Aquí tengo a mi marido, mi jardín y mi río, que un día me llevará al mar. ¿Qué más puedo pedir?

- ¿Dónde estamos, exactamente?

- ¿Dónde estamos? ¿Cómo ha llegado usted hasta aquí, si no sabe dónde está?

- Crucé una puerta.

- Vaya, igual que yo. Un día la crucé y ya no hubo marcha atrás.

- ¿Qué quieres decir con no hubo marcha atrás?

- ¿Tú qué crees, Lucía? Cuando cruzas una puerta que no sabes adónde lleva, puede que no haya marcha atrás. A eso me refiero.

- No me has dicho tu nombre.

- Virgina. Virginia Woolf.

- Encantada, Virgina Woolf.

- Lo mismo digo. Eres muy guapa, Lucía.

- Gracias.

- ¿Tú crees en un único amor para toda la vida?

- Pues nunca lo he vivido, pero en cuanto lo encuentre, te lo diré.

- Yo lo encontré en Leonard. Ha sido mi sustento en todos los días buenos y sobre todo en los malos. ¿Quieres pasear por el río?

- Claro, es muy bonito.

- Sí, es muy bonito. A veces me apetece caminar por sus aguas y dejarme llevar por las olas.

- ¿El río tiene olas?

- La vida tiene olas, Lucía. A veces te tienes que dejar llevar por ellas y otras tienes que saltarlas. Pero con demasiada frecuencia, no tienes fuerza para saltar, entonces, te llevan aunque no quieras. Una mujer necesita dos cosas para poder contar una historia.

- ¿Qué dos cosas? Dime.

- Su propia habitación y una buena suma de dinero, por supuesto, suficiente para ser independiente. ¿Tú eso lo tienes, Lucía?

- Bueno, no me puedo quejar.

- Entonces eres una mujer afortunada y tendrás muchas historias que contar.

- Alguna vez lo he intentado, pero no creo que sea buena...

- Jamás digas que no eres buena en algo. Una mujer puede conseguir absolutamente lo que desee, sea bueno, regular o infame. ¿Lo recordarás siempre, Lucía?

- Claro, Virginia. Jamás lo olvidaré.

- Bien. Y ahora si me disculpas, tengo que hacer algo importante.

- ¿Adónde vas con todas esas piedras en los bolsillos?

- No lo sé, Lucía. Nadie lo sabe.

Esas fueron las últimas palabras que le oyó decir a Virginia. A lo lejos, la vio acercarse al río, en un ademán como de echar a correr y de quedarse quieta para siempre, las dos a la vez. Mientras sus pies se sumergían, Lucía se levantaba lentamente, como incrédula ante lo que estaba contemplando. La falda azul se fundía con el agua cristalina, mientras se deshacía el pelo recogido y lo soltaba al viento, lágrimas transparentes. Se le oía repetir la nota que le había dejado a Leonard: "me lo diste todo en la vida, me lo diste todo en la vida".

Lucía, sola en la sala de té, con la misma lágrima que le caía a Virginia mientras se fundía con el río, pensaba en una historia que podría contarle a alguien. No tiene que ser la mejor historia del mundo, le había dicho Virginia, tiene que ser tu historia. Y eso es algo que jamás olvidará.

5 Room service

*Los escritores realmente viven en la
mente y en hoteles del alma.*

Edna O'Brien

Hoy me toca la quinta planta. No sé qué pasará. Ya llevaba varias semanas por las plantas inferiores, pero esta semana voy a la quinta. Fue una gran alegría cuando oí mi nombre en el walkie. "Marta, la quinta." Me acordé de todos los desastres que había visto, los turistas que venían a visitar la ciudad un par de días y se guardaban las servilletas del restaurante de comida rápida por si acaso. Una papelera llena de suciedad. 'Hay que ver lo que se aprende de alguien por la papelera...' Nada glamuroso. Pero no, esta semana todo sería diferente. Esta semana me iba a la quinta planta.

Llamé a la puerta. Una nunca sabe si el cartel está por algo o si se les olvidó quitarlo. Era la 523, una de las habitaciones que daban a la ciudad. '¿Qué mundo me espera aquí dentro?', pensé. '¿Será la habitación de algún viajante solitario? ¿Tendrán la ropa por el suelo como siempre?' Estaba a una vuelta de llave de averiguarlo. Estaba muy emocionada y casi me daba miedo asomarme. Pero ahí estaba yo, animada por el ansia de descubrir el mundo, de soñar con lugares lejanos, deseando encontrarme maletas roídas de encanto. Me arreglé la falda, me pasé la mano por el pelo y entré.

Yo soy de esas mujeres a las que les gustaría viajar. Ir de tiendas por París, los mercados de Londres, la Quinta Avenida,... Marta la viajera. Por eso me encanta trabajar en este hotel. No está muy bien pagado, pero el soñar no tiene precio. En este trabajo puedo ver cada día sitios nuevos sin tener que desplazarme. Por ejemplo, la semana pasada viajé a un lugar donde hablan inglés. Me encontré en la mesita de noche un libro, el de Grey. Era lo único que entendía del título. Mis amigas lo han leído y están todas encantadas. Me pasaron una copia y leí un trozo. Es estupendo leer sobre otras mujeres y lo que hacen en sus ratos libres. Otro día viajé a Alemania. Una pareja --sé perfectamente cuándo viajan solos o en pareja-- se dejó el libro olvidado, aunque una nunca sabe si lo olvidan o lo dejan para que yo lo encuentre. Tampoco sabía muy bien qué podía hacer con un libro en alemán, así es que se lo di a mi compañera Amanda, que tiene un hijo que sabe idiomas.

Al abrir la puerta, enseguida noté el perfume. Lo había olido alguna vez y me había encantado. Era J'adore, sin duda. Seguro que este no era uno de esos frascos que te venden por la calle. ¡Era la quinta planta! En la mesita, un libro, Le deuxième sexe. No sabía muy bien lo que significaba, pero eso de sexe sonaba bien. Era una mujer quien leía ese libro, sin duda. Yo sé muy bien cuando es una mujer. Tenía un marcador a mitad de libro, uno de esos cartoncitos que te dan en la perfumería cuando pruebas un olor. Dior. '¡Lo sabía!' El armario no parecía de hotel. Los abrigos colgaban perfectamente abotonados a un extremo de la barra. Al otro, los vestidos. Había uno color tierra, de media altura. Era una mujer alta. Pero con los tacones lo sería aún más. Los tuve que tocar un poco cuando pasé el aspirador, lo suficiente para ver que estaban prácticamente nuevos. Seguro que esos zapatos volverían a París y caminarían sus maravillosas calles. Por un momento, quise ser esa mujer, quise vivir esa vida. Yo también quería pisar París.

El baño era una obra de arte. Las bolsas estaban meticulosamente organizadas. En una había todo tipo de frascos y cajitas y tarritos. Cada uno de ellos con su tapa, de todos los colores y la mayoría en miniatura. Me miré al espejo y pensé lo bien que me vendría un día ponerme alguna crema de esas. 'Es lo que tiene París.' La vida de verdad, la que se vive entera, con gente de gusto, sin tener que mirar el reloj cada poco tiempo. Junto a esa bolsa había otra con colorido. No daba crédito a mis emociones. Todo con sus fundas y tan bien colocado. Bien podría haber sido la bolsa de una modelo que se dedica a viajar visitando la ciudad, de paseo por las avenidas en busca de esas tiendas donde te hacen sentir como una mierda cuando entras tú con tus vaqueros desteñidos y tu camiseta descolorida. 'Pues alguna va así también y le llaman pret-a-porter.' En la bolsa había de todo, una paleta de esas que lo lleva todo, cajitas de sombras sueltas, varios pinceles, unos largos, otros cortos, dos tubitos de rímel y una barra de labios roja de Chanel. 'Claro, Chanel.' Me volví a mirar al espejo y casi no pude detener mis impulsos de pintarme los labios con ese rojo. '¡Qué bien me quedaría ese color!' Pero yo no estaba allí para eso. Tenía que limpiarlo todo, dejar aquel baño de ensueño preparado para que aquella otra mujer se acicalara para el mundo. Debía preparar la habitación para satisfacer a otros, para que otros disfrutasen de las avenidas, para que llegasen al cuarto y alguien pensara mira qué bien, nos han hecho la cama. Si bien yo misma había elegido ese trabajo, a menudo me hacía sentir un tanto pequeña, insignificante, una gota de agua en el cubo de fregar. Y, sin embargo, cada día era un sueño diferente, un viaje cuyo único equipaje era mi mente y del cual regresaba sin maletas.

La habitación había quedado impecable. Claro, sólo tenía que hacer la cama y pasar un poco el aspirador. Cuando acabé, pasé a otras habitaciones, pero ninguna fue como la 523. La del secador fuera del enganche, la de los paquetes de golosinas, la de las sábanas olientes a sexo,... No, ninguna fue jamás como la 523.

Esa misma noche, al pasar por la cafetería del hotel, me encontré con varios huéspedes. Siempre me pareció extraño tener que cruzar la cafetería para llegar al ascensor. Al final una se acostumbra al uniforme. La música sonaba a gran volumen. Las luces del bar presagiaban resaca, mientras las copas iban y venían de mano en mano y de boca en boca. De repente, allí estaba ella. Era ella. Tenía que ser ella. Llevaba el vestido marrón y los tacones que con tanto cuidado había apartado para limpiar el suelo. Una larga melena le cubría la espalda y su mirada se perdía a veces entre la gente. Estaba de pie y desde ese momento supe que mi vida tenía un porqué. No sabía cómo ni cuándo pero yo iba a ser una de esas que va a fiestas con copas finas. Los camareros me miraban como si les fuese la vida para que desapareciera de allí. No era culpa mía tener que cruzar la sala para salir del hotel. Tampoco era culpa mía el uniforme. Era algo que estaba allí porque sí, porque las que limpiamos llevamos uniforme. Del mismo modo que las que llevan los tacones beben en copa fina. De repente, una mirada. Me miró. Pasé a su lado. Siguió bebiendo. "Marta. Hay que subir una manta a la 212".

6 La carrera

Sólo vives una vez, pero si lo haces
bien, una es suficiente.

Mae West

Hoy la carrera comienza a las dos. La verdad es que estoy un poco liada. Creo que estamos en Abu Dhabi, aunque tanto viajar me está empezando a afectar. Menos mal que el clima es parecido y puedo llevar la maleta más o menos preparada. Me gusta hacerme la maleta, me encanta, pero cuando llega el momento de elegir entre los vestidos me agobio. Y claro, cuando eliges los vestidos, has de pensar en los zapatos y en el sujetador que no se vea y si se ve que quede bien. Y las joyas. No es lo mismo llevar plata que oro. La competencia es grande y la presión de salir en la televisión enorme. Miles de miradas puestas sobre ti. Que si se habrá operado esto, que si se habrá hecho aquello, que si tal que si cual. Una se acostumbra.

Ayer no le salió del todo bien. Tenía que clasificarse entre los cinco primeros y lo consiguió pero fue quinto. Dice que salir quinto es mejor que cuarto porque sale por el lado limpio de la pista. Yo me río de él y le digo pues que limpien el otro lado y entonces él se ríe, claro. Me encanta cuando se ríe, aunque sea de mí. Tiene unos labios tan besables. Y una sonrisa que nos volvía a todas locas. Pero al final fue mío. Me costó pero el trofeo lo gané yo.

¡Ah! Mi nombre es Archeena y mi novio es piloto de Fórmula Uno.

La primera vez que fui a un circuito era agosto. El calor era insoportable, aunque la brisa del mar lo aliviaba un tanto. Recuerdo mirar a todas las chicas que se cruzaban por el paddock. Me fijaba en todo lo que llevaban puesto y la mayoría respondía a la descripción que había leído en Google. "como vestir para ir a la formula 1" había tecleado y allí estaba, miles de chicas con consejos de qué ponerte y sobre todo qué no ponerte en un circuito. A mucha gente le parece superficial, pero no tienen ni idea de lo que es que te estén enfocando con una cámara todos los días a todas horas. Además, a los que venden la ropa, no les parece superficial. Lo único es que no me gusta cuando se ríen en sus reuniones en los yates de cómo todas vamos iguales. Pero es que todas van iguales...

Tener un novio piloto implica muchísimas cosas. Manías, entrenamientos, viajes, sesiones con la prensa... A veces se cansa una. Muchas amigas me piden que las cuele en las fiestas de Red Bull, pero la palabra 'amiga' se detiene en la puerta y se queda allí para siempre. Recuerdo el día en que Monique y Barbara me pidieron una cita con Stewart y tuve que tirarlas a patadas. Hasta ese punto tiene una que cuidar su relación.

Son las doce y el circuito está lleno de gente. A veces me cuestiono el interés de ver veinte coches dar setenta vueltas cada uno. Si los sigues a todos, son mil cuatrocientas veces ver pasar un coche por delante de ti. Bajo el sol de agosto y vestidos de hombre anuncios. Menos mal que en el paddock han sabido darle el glamour preciso. Se puede ir con pamela pero no por necesidad y se puede llevar tacones sin sufrir demasiado. Hablando de tacones, cuando entras en el box son todos muy bajitos, lo que es extraño. Yo soy alta pero con tacones debo parecerles inalcanzable. ¡Y eso me encanta! Las miradas de los mecánicos se me clavan como tuercas en un cambio de ruedas. Pero las que me dan sofocos son las de los ingenieros. Llevan la misma camiseta que los mecánicos, pero en cuanto hablas con ellos se nota que saben de qué hablan. Ayer al acabar la clasificación, me preguntó uno que si había disfrutado, que si había notado el cambio de presión de los neumáticos. Claro que lo he notado, le dije intentando que no notara la indiferencia. No es por nada, pero al lado del glamour de un piloto, no hay nadie.

Hoy he decidido ponerme un vestido blanco de organza con un botón en la espalda y con sandalias de tacón medio. Me han recomendado los labios rojos y gafas grandes, que están muy de moda. Sinceramente, me da igual que estén de moda. Yo quiero ser la que establece la moda. Le dije a Stella que quería un vestido diferente pero elegante, nada de arreglos muy sofisticados. La verdad, me gusta mirarme al espejo y verme estupenda, pasar al box y deslumbrar, oír los susurros, las miradas,... Hay un mecánico que es un sol. Me mira y si le devuelvo la mirada se pone rojo y se gira. Es muy tímido, dicen, pero qué guapo es. Cuando se vista de persona debe de estar muy bien. Claro que, como un ingeniero, nada. Os lo digo yo.

Queda una hora para que empiece la carrera. Parece como si no hubiera trabajado nadie en dos meses y tuvieran que hacerlo todo en los veinte minutos que quedan para que salgan a la pista. El ritmo es tan frenético que hasta me siento mal por no ayudar. No sé, podría poner una tuerca o algo. Seguro que algún mecánico lo agradecía. Aunque los ingenieros seguro que se molestan. Ni una mujer bella les distrae un segundo cuando empieza el circo. ¡Qué digo un segundo, una décima! Lo he visto un momento. Se estaba poniendo el mono y toda esa ropa que se pone debajo. A cuarenta grados, no me extraña que adelgace tres kilos cada carrera. Un día de estos me voy a correr yo también. Me sé toda su rutina, desde que se levanta hasta que llega a "casa". Lo que más gracia me hace es ver sus manías. En cuanto se despierta, sin tan siquiera salir de la cama, empieza a cantar una canción de una película de esas de boxeadores. Debe de ser cosas de hombres, porque a mí no es que me excite demasiado. Me excita más cuando se mete en la ducha, aunque ya sabéis que un deportista antes de competir, nada de nada. Después de eso, sí, sí, después de la ducha, sube y baja las escaleras del motorhome ocho veces. Ocho subidas y ocho bajadas. Dice que es su número de la suerte y que así sale con confianza de que las vueltas le irán todas bien. Me repite una y otra vez que el circuito de hoy es par, que el número de vueltas que tiene que dar es par. Yo lo miro y le digo, claro cariño, claro. Otra curiosidad es cuando tiene que ver a la prensa, esos que tanto odio. Se peina treinta veces y justo cuando abre para verlos me pregunta: '¿Qué tal estoy?' Yo le doy un beso que se derrite y le digo: 'Para comerte.'

Ese momento es cruel. Es cuando te das cuenta de que tu novio no es tuyo, es el novio del mundo, del periodista, de los fans, de los antifans, del equipo, de los mecánicos, de todos. Es novio de todos menos tuyo. Adoptas la soledad de sentirte despedida, arrinconada, perdida en el mundo. Entiendes muy bien a otras mujeres. Creo que ese frío que sientes en el alma no lo sienten los hombres. Al menos, no lo dicen.

Ya ha salido. Se ha despedido, distante, frío, como un soldado en la segunda guerra mundial que se va a un país lejano a defender no sabe bien qué. Se confirma mi soledad. Sola de nuevo. Sola entre toda esa gente a la que no le importas lo más mínimo pero a la que tienes que devolver la sonrisa. Casi siempre me preguntan cosas de Stewart. A veces me siento sola hasta con él en la misma sala. Yo ya no bajo. Me quedo aquí cobijada hasta que alguien del equipo venga a sacarme al box. Si al menos hubiera venido alguna amiga, pero con este calor, no ha querido venir nadie.

La carrera está a punto de comenzar. Es lo más emocionante, por no decir lo único. Aunque si alguna vez gana, verlo tan contento te llega al alma, la verdad. Dice que es una sensación comparable a que su equipo de fútbol gane la liga pero siendo él el que marca el gol de la victoria. Yo siempre le digo que para mí debe de ser como entrar en Dior y salir con cinco bolsas. Sí, él se reirá pero yo a él lo entiendo. ¿Él a mí?

El paddock está tenso. Se nota los millones de dólares que hay en juego, aunque yo más bien diría que lo que más hay en juego es el prestigio de llegar antes. Cincuenta y seis vueltas. Yo, desde luego, no lo aguantaría. La primera vuelta es la crucial, pues partir de ahí, el que va primero, acaba primero... casi siempre. El afán por la perfección sí que me gusta. Aquí no falla nada, hasta que de repente un motor deja de ir y se para. Cien millones y a veces ni siquiera arranca. Veo a algún mecánico sentado con la mirada fija en la pantalla del box. La pierna izquierda le va a cien por hora y es gracioso, porque tiene los codos apoyados sobre las rodillas y el movimiento le hace temblar también la cabeza. Esa es la vida en el paddock. Nervios, emoción y soledad.

Ya llevan veinte vueltas. He chateado con Susan. Me pregunta que cómo lo aguanto, que si realmente vale la pena aguantar las excentricidades de Stewart a cambio de una bolsa de Dior. Bueno, es que estamos hablando de por lo menos tres bolsas a la semana. Cuando entro en Dior jamás estoy sola. Me arreglo como si fuera a una recepción. Las uñas rojas, por supuesto. Y allí están todas, listas para ayudarme. El problema es que en cuanto me pruebo un vestido, me lo tengo que comprar. Es que me dicen que estoy tan guapa con él... Y soy tan fácil de convencer... La soledad no tiene dominio en Dior. Cuando salgo por la puerta, la emoción me embriaga. Es un sentimiento que no tengo en las carreras, por ejemplo. Y que me llega por lo menos hasta el taxi. Y me siento, y veo las bolsas maravillosas y los vestidos y los zapatos de tacón de once centímetros, y me acuerdo de Marilyn. *After you get what you want, you don't want it.*

Llevan treintaycinco vueltas. Me pregunta Joanne que si tendré tiempo para ir de compras cuando llegue a Londres. Le he dicho que probablemente no, ya que aprovecharé para estar en casa lo máximo que pueda. Me encanta Londres. Con unas gafas grandes, poco maquillaje y ropa casual, pasas totalmente desapercibida. De hecho, todo el mundo pasa totalmente desapercibido en Londres. Menos cuando cojo el coche y un pegajoso ejército de cámaras se alinea en posición de ataque. Será por el coche o por mí, me pregunto. Aunque claro que iré de compras por Londres, que voy a estar al menos dos semanas. No podría pasar sin que me mienten en las tiendas tanto tiempo.

Cuarenta y cinco vueltas. Tengo que estar atenta a cuando me enfocan las cámaras. Me encanta estar viendo el monitor y de repente ver mi primer plano. Por eso es importante el maquillaje. Te sacarían hasta el más mínimo poro. No tienen pudor alguno. Sin embargo, cuando hay un accidente grave, sí que lo esconden. Les parecerá más crucial esconder a un hombre mareado que los defectos de una mujer. Pero pensándolo bien, la verdad es que no estoy nada mal. Me veo en el monitor y esas gafas nuevas me quedan fenomenal. Mañana están todas en las tiendas comprándose unas. Si es que yo creo que las grandes firmas me tendrían que pagar por hacerles de modelo. Esa sí es una vida dura. Modelo. Todo el mundo se cree que sólo hay glamour en tu vida y aquí me tienes, viendo a Stewart dar vueltas en un coche que nunca va a ganar nada. Sí, las fotos y las televisiones y las revistas te engañan. Pero la palabra clave de mi vida es la soledad y la llevo estampada en cada uno de mis vestidos. Aunque os digo una cosa, la soledad con tacones se lleva mejor.

A veces tengo la sensación de que la vida es una carrera de coches. No haces más que dar vueltas y siempre llegas al mismo sitio. Pasas una y otra vez por una esquina, por otra, la recta de atrás, la principal,... Stewart y yo tenemos que hablar. Esto no puede seguir así. Me parece que hemos evolucionado en vías paralelas. Jamás se unirán. como si él fuera por la recta principal y yo por el pit lane. Sí, al final se unen, pero cuando él llega, yo ya he pasado hace mucho. Creo que ya han acabado. No ha ganado, claro. Ya lo decía él. Lo lleva diciendo desde el viernes. Creo que hablaremos cuando salga de la ducha y esté más tranquilo. Cuando haya hablado con la prensa. Cómo odio a la prensa. Sobre todo a ese idiota que está enamorado de él. Me pregunto qué extraño atractivo le habrá llevado a tal admiración.

Pero, ¡ah! la soledad. Eso no lo ven. Nadie lo ve. La soledad es un taxi de Londres en el que caben cuatro personas y tú tienes sitio para tres bolsas, cada una en su asiento. Tengo que hablar con él. Un día, te levantas por la mañana y de repente te das cuenta de que ya no estás enamorada. Nada grave ha sucedido, no te ha sido infiel, ni te ha tratado mal. Simplemente, se acaba. Como cuando acaba la carrera y tienen que parar el coche justo al cruzar la meta porque no les queda gasolina para dar una vuelta más. Ciertamente, es mejor pararlo.

Sentada junto a la ventana, llueve sobre las calles de Londres. Veo a las chicas pasar con sus paraguas de colores y sus pasos firmes hacia quién sabe dónde. A veces echo de menos pasear con él bajo la lluvia, pero ya se sabe que aquí en Londres la lluvia dura cinco minutos. Una chica corre con su pelo recogido en una coleta y ni se moja. La lluvia de Londres no te moja cuando estás acostumbrada a ella. La marea de taxis negros apuran la calle como coches de carreras dando vueltas en el circuito. Literal. No sé por qué siempre tengo ese sentimiento de duda encima. ¿Será cierto que las chicas dudamos más? Yo no lo creo, la verdad. Yo creo que dudamos más porque pensamos. Pero es así. Si tuviera dos horas para dar vueltas en un circuito, probablemente lo pararía antes de acabar la primera, harta ya de no ir a ningún sitio. O quizá seguiría para ver si al final de la siguiente vuelta pasa algo nuevo. Quizá es esa la esencia de la vida, siempre esperar que algo cambie. Suena la música. Me encanta. Hace sol y las gotas de lluvia brillan en el cristal. ¿Será esto a lo que se refiere Lana con la tristeza del verano? Bésame antes de irte y no mires atrás. No paro de repetírmelo. Jamás mires atrás.

7 La modelo

La moda es una forma de fealdad tan intolerable que tenemos que alterarla cada seis meses.

Oscar Wilde

Su mirada era ingenua, perdida, como una gata en su primer viaje al veterinario. Tras su trabajado flequillo escondía unos ojos maquillados, delicados, sutiles como la niebla matutina. Había llegado pronto al Ágora, consciente del duro día que le esperaba. El tercero consecutivo. No es que hubiese mucho trabajo fuera de la pasarela. Tenía que hacerlo para labrarse un futuro. Ya hacía años lo había elegido. No era porque era guapa y alta. Era lo que quería hacer. Cada semana, de pequeña, su abuela le avisaba de que tenía que encontrar un marido que la mantuviera, que cuidara de ella. Sara se reía y le decía que ella sabría cuidarse de sí misma. Y había llegado ese momento. Si no se cuidaba ella, nadie en el mundo de la moda lo haría por ella.

Desde su stand veía a los primeros fotógrafos pasar, con sus cámaras resplandecientes, deseosas de captar la foto que les dé para pasar el mes. Sus camisetas negras les delataban en cuanto dejaban el objetivo a buen recaudo. Sara pensaba que por qué a ella nadie la fotografiaba e inmediatamente se animaba pensando que el próximo desfile sería ella la que estuviese en la pasarela. Coraje no le faltaba. De repente, entrando al recinto, vio desde su posición a Eduardo, con su vestido abotonado, zapatos de charol y las rodillas medio cubiertas. Sara no pudo evitar gritar a sus compañeras de stand:

- ¡Ha venido la loca!

- ¿Claudio? - ¿Alberto? - ¿Mario?

- No, mujer, ¡Eduardo!

- ¡Ah! Esa loca.

La Fashion Week era la ocasión que todas están esperando durante medio año. Todo gira en torno a una semana en febrero y otra en septiembre. Los locos y las locas se reúnen en torno a un gran conjunto de palets que sirven de escaparate para las más osadas tendencias. Lo más in es aparentar ser el más raro. Y si eres mujer, lo que quieres es ser la más deseada. No había más que mirar las poses cuando los fotógrafos te piden una fotografía:

- Disculpa, ¿te puedo hacer una foto?

Mirada altiva, como perdonándole la vida, arreglándose el pelo, estirándose la falda y asintiendo con un discreto "claro".

- ¿Te puedes poner ahí?

Esta vez, sin el "claro", la cazada se desplaza hacia el lugar donde el creador de mentiras le aconseja, totalmente entregada al objetivo y deseosa de sacarse el iPhone de su Saint Laurent para buscar la página web donde admirarse.

Sara, que es testigo de la escena, no deja de pensar en los momentos duros que ha tenido que superar para llegar a hacer alguna sesión de fotos. No es que le haya ido mal. En su joven mirada se podía vislumbrar la pasión con que vivía ese momento mágico de coolhunting. 'Ahora esa foto irá a un blog', pensaba, 'y algún diseñador la verá y le encantará y se enamorará del estilismo y llamará a la chica para que pose para él y desfilará en París y en Nueva York'. "¡Tengo que ser yo!" se oyó de repente en el stand. Y sus compañeras se miraron entre ellas con mirada cómplice y todas pensando al unísono '¡O yo!'

Paula era la modelo estrella de la edición. Era el tipo de mujer que no te mira a los ojos. Sólo mira al objetivo. Sin una cámara, un hombre es absolutamente invisible. Aquel día estaba en el backstage como todos los días, con la salvedad de que aquel día no era uno cualquiera. Aquel era el día en que...

Realmente, un día cualquiera en la vida de Paula es la mayor aventura para cualquier chica normal. No es que Paula no fuera normal, pero ser modelo te da un cierto aire de divismo que el resto de mujeres no tenemos, al menos, cada minuto del día. Cualquier complemento se torna central en el cuerpo de Paula. Cuando ella se acercaba a un grupo de gente, todos dejaban lo que estaban hablando y se interesan intensamente por su últimas hazañas.

- ¿Dónde has estado últimamente, Paula?

- En París.

- ¡Ah, París! O la la, Paris!

- Sí, o la la! Estuve la semana pasada. Y, ¿sabes qué?

- Cuenta, cuenta.

- Estuve en el mismo edificio que Karl Lagerfeld. ¡Y a la vez!

- ¿Qué me dices? - ¿En serio? - ¡Qué suerte tienen algunas!

- Como lo oís. Noté un no sé qué en el cuerpo al entrar y enseguida lo pensé. Aquí está Karl Lagerfeld. Después lo pregunté y me hicieron prometer que no se lo diría a nadie. Entonces me lo dijo: "sí, está aquí". Fue muy emocionante.

Además, fue verdad, porque después por la tarde lo vi en un periódico.

- ¡Qué suerte! ¡Saliste en el periódico!

- Bueno, yo no. Él.

Las tres chicas con las que Paula hablaba eran lo que se viene llamando bloggers. Ese día, las páginas de los blogs de gran parte del mundo de la moda iban a anunciar que Paula y Karl habían coincidido en París. Tres bloggers, tres historias. Seguramente, ninguna de las historias verdad. Más bien sueños de modelos frustrados cuya vida gira en torno a una imagen ideal de su propio espejo.

Sara no pudo evitar escuchar a Paula y al llegarle a sus oídos tamaña cantidad de mediocridad, no pudo contener una ligera sonrisa que le hizo vibrar el alma. Efectivamente, Sara no era una modelo como las demás. Cuando ella estaba ante las cámaras, su cuerpo se transformaba en segundos y sacaba de su interior los más íntimos pensamientos. Era profunda y eso asustaba a los fotógrafos, del mismo modo que los diseñadores se la iban a rifar en cuanto la descubrieran. Quizá ellos no lo habían descubierto todavía, pero yo lo veía clarísimo. Sara sería una gran modelo.

De repente, cuando ya casi había perdido la esperanza de que aquella edición de la Fashion Week fuese a aportarle algo más que unos euros para pagar el siguiente mes de la facultad, entró él.

Como siempre, Sara se quedó a un lado, mientras él pasaba por el pasillo rodeado de cámaras y palabras vacías. Un abrigo negro cubría sus pantalones verdes menta y su blusa de rayas imposibles, pero dejaba ver los zapatos de charol que, según todas, eran lo más in. En la mano, como el mono del zoo que se cuelga de una palmera, llevaba un bolso de mano alargado de color naranja con tachas plateadas. Un clutch según los cánones, el atuendo perfecto para, como él decía, pasar desapercibido. Y a fe que lo hacía. Pero no precisamente ese instante, cuando todas las miradas caían sobre él. Era como cuando entró la alcaldesa en la sala. Pero con glamour, claro.

Sin embargo, Sara percibió algo que a los demás les debió de parecer un nimio detalle. En la mano donde llevaba el bolso, medio escondido en la palma de su mano, llevaba una cajita roja. Parecía una de esas que te regalan cuando compras una joya de Cartier. Sara las había visto en las películas. '¡Qué ilusión, cuando alguien me regale una joya de esas!' Pero lo que más le llamó la atención fue el afán que tenía Ismael por que no se viera. 'También lo podría haber metido en el bolso, si es que realmente no quiere que se vea.' Pero Ismael no se atrevió a llevarlo en el bolso. Sería demasiado preciado como para perderlo en un descuido. Sara lo miraba. Ismael lo manoseaba, deseoso de llegar al backstage y deshacerse de la inquietud.

Sara pareció ser la única en descubrir el secreto de Ismael, si bien no tenía ni idea de lo que podría llevar en esa cajita roja. '¿Será un anillo de compromiso? ¿Alguien se lo acabará de proponer? ¿O será que se lo va a dar a alguien?' Por un momento, el corazón le dio un vuelco. ¿Y si Ismael se le acercara súbitamente y le dijera en el medio de la Fashion Week, rodilla en tierra, mano en el corazón, "Sara, cásate conmigo"? 'Para eso tendría que tener alguna cosa que no tengo', pensó.

De repente, las luces de la sala empezaron a desvanecerse y la música que anunciaba el siguiente desfile se empezó a escuchar. Era la hora de descansar para Sara, cuando todas las bloggers, todos los fotógrafos, todas las invitadas se tornaban de espaldas a su stand y afilaban sus iPhones para dejar constancia de lo que estaban a punto de presenciar. No se podía dejar para mañana, pues el mañana es día dos y el día dos ya no es portada. Pronto se vería la entrada: "gran desfile de Javier Sanfélix" o "la mujer que quiero ser según Karlos Campos". Pura moda hecha poesía, si es que alguien lee poesía... Pero para Sara, ese momento era de calma angustia. Era cuando no tenía que perseguir a los invitados en busca de datos, cuando podía relajarse y sentarse a descansar sus pies inclinados por los tacones, cuando podía leer la revista que regalaban en el stand contiguo y que le guardaban antes de que las bestias destrozaran todo en la aglomeración entre desfile y desfile. Pero también era el momento en que escuchaba las pisadas de las modelos sobre la pasarela. La música sonaba alta pero ella las escuchaba bien, las distinguía. Esa es Paula, esa Irina, esa Violeta. En ese instante, Sara bajó la mirada, se miró los tacones y pensó en cuántas tardes había estado practicando en el pasillo de casa a caminar como una princesa, como una diosa de la pasarela, como la diva que estaba dispuesta a ser.

No pudo ser más oportuno. Ismael pasó en ese momento por delante de ella. La cabeza altiva pero el paso rápido. Llevaba el bolso exactamente en la misma posición que al entrar pero la cajita la llevaba en la otra mano. Pensaba que al estar todo el mundo en el desfile, nadie le vería. Y como sabía que las chicas de marketing no eran nadie, estaba a salvo. Pero no sabía que entre las chicas de marketing estaba Sara.

Ismael se deslizó por la puerta habilitada que daba acceso al backstage. Estaba justo a la derecha del stand de Sara, quien de un salto intenso se coló detrás de él, sin apenas pensarlo ni siquiera una vez. Ismael pasó por entre peluquería y maquillaje. Cardaban y maquillaban a un ritmo frenético preparando el siguiente show, con lo que no le hicieron demasiado caso. Un paso más y allí se metió, en el camerino infinito de Karlos. Por los nervios, dejó la puerta entreabierta, lo suficiente como para que Sara llegase a atisbar los maravillosos vestidos que colgaban de las perchas forradas de raso. Parecían salidos de un mundo de sueños, largos, abiertos, de seda, con chaquetas en tweed. Era un sueño hecho realidad. Pero no alcanzaba a ver a Ismael. Y ya que había accedido al backstage, no podía quedarse allí. Tenía que entrar. Y entró. Lentamente, como una ladrona de guante blanco, separó la puerta los diez centímetros que necesitaba para poder entrar. Y allí estaba él, con su atuendo impecable, su bolso en la mano y su cajita roja sobre la mesa, abierta, deslumbrando al mundo, desafiante, como el diseñador ante su obra en la pasarela.

De repente, un estruendo. Ismael salió corriendo, cerrando la puerta tras de sí. Sara quedó atrapada entre los vestidos, casi colgada de las perchas, como si su vida se hubiera convertido en una metamorfosis, una combinación perfecta entre cuerpo y vestido. No sabía muy bien qué estaba sucediendo, pero en cuanto salió del backstage, escuchó los aplausos del público. A pesar de los once centímetros, iba corriendo hacia su puesto, dispuesta una vez más a alcanzar a algún pobre fiel que quisiera donar sus datos para la campaña. Incomprensiblemente, el gentío empezó a desvanecerse como el agua entre las manos. El estruendo de los tacones se tornó insoportablemente agudo y, mientras Sara miraba a su alrededor, la señal de aviso de su smartphone la prevenía de acercarse a la pasarela: "diseñador abatido en la pasarela de Valencia. Hay mucha sangre. Sin más datos". Volvió a mirar de izquierda a derecha, incrédula, como si buscara a alguien en la multitud de la Quinta Avenida en Saint Patrick's Day. Y allí, entre los vuelos de las faldas y las medias de colores, llegó a ver el clutch que salía por la puerta principal, naranja como el sol del anochecer, casi rojo como la sangre de Karlos yaciendo sobre la pasarela de la Fashion Week.

Al día siguiente, mientras Sara desayunaba dispuesta a ir a la facultad, el periódico en primera plana daba más detalles:

Como si hubiera surgido de su propia imaginación, ayer por la tarde encontró la muerte en la misma pasarela donde acababa de presentar su colección primavera/verano 2014 el diseñador Karlos Campos, de un certero disparo que le atravesó el corazón. La policía se plantea el móvil pasional, pues en la bala había una inscripción que rezaba YO O NADIE. El disparo vino desde los medios gráficos, por lo que la policía está interrogando a todos los reporteros allí reunidos.

'¿Cómo lo hizo Ismael para matarlo y escapar sin levantar sospechas?' pensó Sara. Siempre supo que jamás le iba a pedir en matrimonio, pero de ahí a matar a su amante iba un buen trecho. '¿Y cómo escribiría eso en la bala?' De repente, un escalofrío le corrió el cuerpo, un visceral pensamiento que se entrelazó con todos los momentos que habían vivido juntos. '¡La cajita!' "¡Yo la vi primero!", gritó. "¡Yo la vi primero!" "Pero, ¿cómo pudo? Si yo estaba con él..."

Desde el aire, Ismael miraba el aeropuerto recién despegado, con la cámara en la mano, cuyo botón había vuelto a ser el disparador de sueños. El destino, algún país caribeño donde se pudiera perder. Y entonces se acordó de Sara. 'Sara, Sara, ¿por qué tuviste que meterte en el backstage aquel día? Ahora tendré que matarte...'

El avión se alejó y se perdió entre las nubes del otoño.

8 Cuestión de estado

Ninguna mujer se ha perdido sin la ayuda de un hombre.

Abraham Lincoln

- ¡Cierra la puerta! ¿Me estás pidiendo que mande los barcos de guerra sólo porque así demostraría nuestro poderío? ¿Acaso no te das cuenta de lo que eso significaría?

- Es la única manera que tenemos a día de hoy de acabar con el problema de una vez por todas.

- El problema es lo que tú estás pidiéndome crear. Tú quieres que yo sea el problema. Con qué propósito malvado, me pregunto.

- No hay ningún propósito malvado. Tú ya me conoces.

- Claro que te conozco, por eso precisamente lo digo.

- Tenemos que enviar la flota. Todos los dirigentes lo entenderán.

- Todos los dirigentes no piensan más que en sus enormes barrigas y en que su culo no se mueva de su despacho sin su permiso. Yo quiero ir más allá.

- Pero piensa en nuestros ciudadanos.

- ¿Nuestros ciudadanos? ¿Tú crees que nuestros ciudadanos van a apoyar una maniobra así?

- Con una buena campaña en la prensa, sí.

- Tú quieres que piense en nuestros ciudadanos. ¿Acaso piensas tú en las familias que se romperán? ¿En los miles de huérfanos que vas a dejar?

- ¿Y tú has pensado en los miles de trabajos que vas a crear? ¿Las familias que vas a alimentar?

- No me puedo creer lo que estoy oyendo. ¿Y por qué no creamos otra industria que no conlleve enviar a miles de chicas y chicos a un país lejano a luchar porque así demostraremos nuestra valía?

- Porque ésta ya está creada. A veces me pregunto por qué te apoyamos en las elecciones. No sabes ver la realidad, ése es tu problema.

- Veo perfectamente la realidad, gracias. Y veo que me estáis empujando hacia un callejón sin salida. Pero esto no acabará así. Te lo aseguro. ¿Te crees que mi vida se asemeja en algún ápice a la de Thatcher?

- ¿Qué coño tiene que ver la Thatcher en todo esto?

- Mira, para empezar, a mí no me hables así. Y segundo, Thatcher nunca fue una mujer. Tomó decisiones de hombre en un mundo de hombres. Esa es la diferencia, una de ellas, entre Thatcher y yo. Yo SOY una mujer.

- ¿Y qué vas a hacer? ¿Gobernar sólo para mujeres?

- Mira, no puedo discutir más contigo. Necesito un poco de aire fresco para aclararme las ideas. Cierra la puerta cuando salgas.

Cuando cerró la puerta, sonó como una amenaza internacional de guerra. Cerrar esa puerta conllevaba que toda la presión caía sobre Isabel. Ella era la presidenta de la república y sobre ella sola recaería toda la responsabilidad. Sí, había ministros y asesores pero quien daría la cara en las ruedas de prensa sería ella. Pero lo que nadie entendía era que las ruedas de prensa le traían sin cuidado. 'Cuando se hace un trabajo por vocación genuina,' pensaba, 'el resto no importa. Aunque la gente tiene que saber que estoy aquí por vocación genuina. Y, claro, sin la prensa...'

Adela la interrumpió.

- Tiene visita, presidenta. Es de la revista Mujer. Quieren hacerle una entrevista y unas fotografías.

- Ah, sí, que pasen. ¡Un minuto! Voy a retocarme un minuto.

- Como usted diga, presidenta.

Isabel se buscó en el bolso, sacó un lápiz de labios y en un espejito de bolso que le habían regalado en su tienda favorita. Se perfiló los labios. Trazo a trazo, iba dibujando una sonrisa, como la modelo que aparece en la pasarela y se crea el mundo a sus pies.

- Presidenta, son de la revista *Mujer*.

- Que pasen. Gracias, Adela.

Aún le dio tiempo a soltarse el pelo y arreglárselo un poco, con su mano haciendo las veces de peine y la estantería de espejo. Se acercó a la puerta y saludó con vehemencia.

- Buenos días. Adelante.

- Buenos días presidenta. Éste es Ricardo, nuestro fotógrafo.

- Encantada.

- Un placer.

- Y yo soy Marta Aguirre. Trabajo para Mujer. Creo que habló usted con mi editora.

- Sí, sí. Vamos allá.

- ¿Cómo lo prefiere? ¿Hacemos primero las fotos o la entrevista?

- La entrevista, si no le importa.

- De acuerdo, pero si es tan amable, Ricardo irá haciendo fotos a la vez.

- Claro.

- La primera pregunta. Presidenta, ¿cómo se siente usted al ser la primera mujer presidenta de la república?

- Es un honor para mí poder representar a tantas mujeres y hombres, compatriotas que tienen un fin común y cuyo bienestar y felicidad es mi máxima prioridad.

- Le acusan, Presidenta, de ser demasiado débil en la gerencia del Estado. ¿Qué tiene usted que decir a esto?

- Verá, seguramente los que se quejan de debilidad es porque tan sólo son capaces de ver debilidad en sus vidas. No se dan cuenta de que la fuerza no se demuestra con un puñetazo en la mesa. La fuerza está en conseguir los objetivos sin que lo parezca.

- Pero son muchos los que opinan que quizá el hecho de que sea una mujer es un punto débil a nivel internacional, en las cumbres internacionales, por ejemplo.

- ¿Cuántos son "muchos"? ¿La oposición, donde no hay más que hombres? ¿La prensa nacional, gobernada por hombres? ¿O las tertulias de los bares, llenas de hombres?

- Hablando de hombres, ¿cómo se desenvuelve usted en un mundo de hombres?

- Discúlpeme, pero que yo sepa en los países viven tanto hombres como mujeres. Todavía no he conocido un estado en el que sólo vivan hombres. Y si hay mujeres, ¿no deberíamos tener una voz y un voto importantes?

- Ya, pero, ¿cómo se las arregla para lucir siempre tan perfecta, gestionar las labores familiares y a la vez la vida del país?

- Mire, ¡no! Por aquí ya sí que no paso. No puedo creerme lo que estoy escuchando. ¿Quiere usted decirme que tras tantas revoluciones sociales, tanto sufrimiento, tanta postergación al ostracismo, todas esas noches esperando ante un televisor a que llegara un marido de Dios sabe dónde, de no poder tener una cuenta corriente sin permiso de un hombre, quiere usted decirme que lo que me está usted preguntando es cómo compagino mi vida familiar con la política? Pues, verá usted, no voy a contestarle. Sólo le diré que como tantas otras mujeres de nuestro país, auténticas heroínas del día a día, esas madres que prefieren pasar hambre ellas mismas antes que ver a su hijo llorar, esas que tras una dura jornada de trabajo todavía hoy tienen que aguantar a sus hombres que les dicen que qué tienen hoy de cenar y si no lo hace ella ellos no son capaces ni de hacer la cama.

- Siento mucho que se lo tome así. Para que no se enfade, no publicaré esta pregunta.

- Usted no lo entiende, ¿verdad? Si no lo publica es cuando me enfadaré. ¿No se da cuenta del poder que tiene usted sobre la gente? ¿No se da cuenta de cómo la mayoría de las veces la opinión del pueblo se ve forjada por lo que leen y ven en la prensa? Usted es una mujer. ¿Cómo puede preguntarme por mi vida familiar cuando estamos hablando de enviar barcos de guerra? ¿Cómo? Le ruego que publique usted mi respuesta. Y que la publique a doble página si es posible. Y usted, Ricardo, hágame más fotos, que se vea bien que quien gobierna en este país es una mujer. Pero también le digo que vaya usted ahí fuera y busque usted mujeres de verdad, mujeres que dan su vida por los demás o por ellas mismas, mujeres que luchan como el hombre más capaz, quien con menos esfuerzo, obtiene mayor recompensa. ¿Por qué nadie le preguntó a Churchill cómo gestionaba su vida doméstica a la vez que la política? ¿De verdad lo ves lógico, María?

Cuando los periodistas cerraron la puerta, la Presidenta se sentó en la silla presidencial, respiró hondo, cogió el teléfono y mandó llamar a su chófer.

- Buenos noches, Presidenta.

- Buenos noches, Felipe. ¿Cómo llevas el día?

- No me quejo, Presidenta. Gracias por preguntar.

Cualquier otro habría mantenido una conversación así, de rigor, por cortesía. Ella no. Ella tenía un interés genuino por las personas. Le importaba lo que sentían, lo que pensaban, lo que eran. En el coche oficial, negro como la noche, todo eran conversaciones de móvil, whatsapps y demás interacciones. Muchas veces, el destino de una ley u otra se decidía allí, detrás del chófer. Y él nunca decía nada, claro. Él sólo se encargaba de llevar a la Presidenta de un sitio a otro.

De repente, el coche se detuvo en la esquina del parque. Era la parte menos transitada y a esas horas sólo los que llegan de trabajar a horas antisociales y que tienen la adicción de ir a correr se atreverían a salir de casa. Empezaba a caer una ligera niebla que le daba un cierto aire tétrico al paisaje. Era como Hyde Park el 8 de enero. El chófer salió del automóvil, se dirigió a la puerta de la Presidenta y la invitó a dar un paseo. "La veo más preocupada de lo normal", le dijo. A lo que ella contestó que si la guerra, que si las periodistas, que si tal, que si cual. "Nadie le dijo que liderar un país era fácil", le recordó el chófer.

- Liderar un país no es difícil. Lo difícil es liderar a las personas.

Y dicho esto, se abalanzó a los brazos de Felipe, le empezó a dar abrazos, clavándole las yemas de los dedos en la espalda, a lo que Felipe le respondió con un beso que hizo brillar la noche en aquella niebla de la capital de la república.

- ¿Por qué no me respetan, Felipe? ¿Por qué se creen superiores sólo porque soy una mujer? No lo entiendo. ¡No lo entiendo!

- No es porque seas una mujer, es porque haces cosas de buena fe. No lo pueden soportar.

- Pero, ¿de qué otra manera se puede actuar cuando presides un país, si no es de buena fe?

- Isabel, mira a tu alrededor y contéstate tú misma.

- Siempre tienes razón. No sé cómo lo haces pero siempre me das ese punto de calma. Llévame a casa, anda, que mañana es un día duro.

- ¡Uno más en la vida de la Presidenta!

Esa noche, Isabel durmió muy tranquila, casi ingenuamente, pensando que el día siguiente sería un día más. Pero nada más lejos de la realidad. En el Parlamento le esperaba una moción de censura. El principal partido de la oposición se había propuesto deshacerse de ella ese mismo día. La votación comenzó puntual. Las miradas se entrecruzaban pero nadie miraba a los ojos a la Presidenta, ni siquiera los miembros de su propio partido. Isabel, súbitamente aterrada, buscó con la mirada a su asesor más íntimo. Pero él no la miraba. Él ocultaba su mirada, su rostro entero tras unos papeles. Todo eran miradas. Tensas, conspiradoras. Y, de repente, lo entendió todo. 'Ningún propósito malvado', pensó, recordando sus palabras. 'Tú ya me conoces'. Y tanto que lo conocía. Había sido traicionada por su propia gente, por los hombres que intentaban decirle cómo guiar el país. Mirada por encima del hombro, ignorada, como una ciudadana cualquiera.

Salió por el pasillo sola, desolada, pero con la cabeza bien alta y, todavía con las miradas clavadas en el alma, pensó que su marido estaría allí esperándola como siempre, con el coche negro para llevarla a casa y quizá hoy pararían otra vez en el parque a gritarle al mundo que lo que ella hizo por él no lo igualaría hombre alguno.

El país entró en guerra. Hubo mucho dolor y sufrimiento. El partido perdió las siguientes elecciones.

Ilustraciones

1. *Gustav Klimt. Pintor austríaco (1862-1918). Esta imagen muestra un detalle del cuadro Las tres edades de la mujer, en el cual se ve a una mujer abrazando a su hija y a una anciana a la izquierda.*

2. *La Malva-Rosa. Esta foto la tomé en la playa de la Malva-Rosa, en Valencia. En la foto original hay tres barcas, pero aquí se muestra la que le gustaba a la mujer del embajador.*

3. *Marie Curie. Marie Sklodowska Curie fue la primera mujer en ganar dos premios Nobel. Lo hizo, además, en disciplinas diferentes, uno en física (1903) y otro en química (1911). En 1903 no pudo asistir a recoger el premio y tuvo que ir dos años después a Estocolmo. Pero el discurso lo dio su marido, Pierre Curie. Tras la muerte de Pierre, Marie sí hizo el discurso en 1911. Esta foto fue tomada en su laboratorio de París, donde descubrió el Radio y el Polonio.*

4. *Tamara de Lempicka. Detalle del cuadro La bufanda azul, ante el que se encuentra Lucía en el hotel Tavistock de Londres.*

5. *El lipstick que se encuentra Marta en la habitación.*

6. *Esta fotografía la tomé en el Gran Premio de Europa en Valencia. Me llamó poderosamentela atención la indiferencia que mostraba la modelo cuando la cámara no la apuntaba. En un gran premio de Fórmula Uno ves dos tipos de personas: los que pagan por ver coches dar vueltas y los que se hacen millonarios viendo a los que ven coches dar vueltas.*

7. *Esta modelo estaba preparándose en el backstage antes del desfile de María Cózar en la Fashion Week de Valencia en septiembre de 2013.*

8. *Despacho de la presidenta, desde su punto de vista.*

El autor

Vicente R. Sanchis Caparrós *(Valencia, 1973) es profesor de inglés en la Escuela Oficial de Idiomas de Llíria, Valencia, y en la Universitat Politècnica de València. Ha publicado* Coriolano *de* William Shakespeare (Cátedra) *como editor y ha traducido* La comedia de los errores *de* William Shakespeare *y* La señorita Julie *de August Strindberg (Cátedra). También ha publicado una colección de poemas titulada* Estocolmo. Poemas de juventud, *que versa sobre su estancia en el país escandinavo y que también está disponible en la iBookstore de Apple.*

Actualmente está trabajando en dos obras de Strindberg y en un poemario de Pär Lagerkvist, premio Nobel de literatura sueco en 1951.

106